中国古典诗词精品赏读

李煜

檀作文　万希　著

五洲传播出版社

图书在版编目（CIP）数据

李煜 / 檀作文，万希著．-- 北京 ：五洲传播出版社，2015.10

（中国古典诗词精品赏读书系）

ISBN 978-7-5085-3257-8

Ⅰ．①李… Ⅱ．①檀… ②万… Ⅲ．①李煜（937～978）－词（文学）－诗歌欣赏 Ⅳ．①I207.23

中国版本图书馆 CIP 数据核字（2015）第 251128 号

出 版 人　荆孝敏
著　　者　檀作文　万　希
责任编辑　王　峰　王　莉
图片编辑　蔡　程
装帧设计　紫航文化

出版发行　五洲传播出版社
地　　址　北京市海淀区北三环中路31号生产力大楼B座6层
邮政编码　100088
电　　话　010-82005927 82007837（发行部）
网　　址　www.cicc.org.cn www.thatsbooks.com
制　　作　北京紫航文化艺术有限公司
印　　刷　北京凯德印刷有限责任公司
版　　次　2017年6月第1版　2017年6月第1次印刷
开　　本　710mm×1000mm　1/16
印　　张　9.25
字　　数　130千字
书　　号　ISBN 978-7-5085-3257-8
定　　价　49.80元

编者的话

中国在历史上是一个“诗歌的国度”，古典诗词是中国传统文化的珍宝。早在三千年前，我们的祖先就创作出了以“诗三百”为代表的优秀诗篇。此后每个历史年代，诗歌创作都结出丰硕的成果，其中不少名篇名句，脍炙人口，传诵至今。这套“中国古典诗词精品赏读”书系，选取了历史上最具代表性的诗人、词人的优秀作品，并加以详尽通俗的译注、评解，试图由此将古代中国人创造的最可珍贵的文化瑰宝介绍给当代海内外读者。

以“国风”为代表的《诗经》和以《离骚》为代表的楚辞，无论是在思想内容上还是在艺术手法上，都对中国后世诗坛产生了深远影响。中国诗歌至唐代而达到高峰，呈现出后人所称誉的“盛唐气象”和“少年精神”，而从李白、杜甫等诗人身上，从他们留下的诗歌中，不难看出“风”“骚”以来优秀传统的回响。他们都有强烈的现实关怀，关注国家、社会、民生等问题；而这种主题，往往是诗人通过自己的人生境遇和心灵历程去感悟，通过描绘自然界山川万物、人间世事民情来体现的。在唐诗的辉煌之后发展起来的宋代诗歌，成就也相当高，但最能表现此年代文学特殊成就的是词。宋代优秀的词家把这种长短句诗体运用到出神入化的地步，那或慷慨激昂、或委婉凄清的词作，今天读来仍有强烈的艺术感染力。可以说，唐诗宋词是中国文学史上最有神采的篇章。本书系介绍的诗人、词人，如东晋的陶渊明，唐代的李白、杜甫、王维、白居易、李商隐，五代南唐的李煜，宋代的苏轼、李清照、辛弃疾等，都是中国诗歌史上耀眼的星座。

中国古代诗歌注重抒情、写景，善于表现友情、亲情、爱情、乡情，以及其他复杂细微的个人情感。这形成中国诗歌又一个强大的传统。在儒家思想影响下，中国诗歌几乎从一开始就具有“发乎情，止乎礼义”的特点，情感的表达比较克制、内敛、含蓄，有别于西方的诗歌风格。与此同时，中国诗人们又强调“含不尽之意见于言外”，善于通过各种艺术手法传达言外之意，给读者以无穷的回味、想象空间。古代诗词中的优秀之作往往写得深情宛转，富于形象性和音乐性，诵读这些诗词，可以受到多层次的艺术感染和美的熏陶。古典诗词还善于表现自然之美及人与自然的融合。古人常说“诗中有画，画中有诗”，本书系中的每首作品，都配以与诗词意境相呼应的优秀传统中国画。由此，本书系的每一本书不仅引导读者欣赏、涵泳中国古典诗歌佳作，同时也带着读者一起领略中国传统绘画的魅力。通过欣赏这些诗、画，可以更深刻地领悟到中国古代艺术作品中的诗情画意，品味其艺术之美。

除了“诗情画意”的特色外，本书系以各位诗人、词人单独成册，以更清楚地展示其不同的个性和艺术风格；各分册包括诗人小传与作品赏析两部分。对每篇作品的赏析，又分为题解、句解、评解三个章节：题解交代创作背景；句解用现代语文对诗词进行逐句意译，对某些难懂的字词作注释；评解部分则提要钩玄，对作品特色进行点评。我们的本意，首先是帮助读者减少阅读中的文字障碍，继而是理解诗词的思想内容、艺术特色和写作技巧。

中国古代经典诗篇把汉语升华到至美至纯的境界，足以使每个中国人感到自豪。这些作品是联接所有炎黄子孙思想、情感的文化纽带，无论身在国内，还是身在海外，优秀的诗歌对读者的感召力都是相通的。一个喜爱祖国传统文化的人，可能会不断地接触和学习祖先的这些遗产。久而久之，这些优秀文化中的一部分会积淀下来，构成每个人头脑中一道美丽的艺术长廊，不断给人以教益、激励和艺术享受。我们期望，本书系所介绍的诗词名篇能够成为这道艺术长廊的组成部分。

本书系所介绍的诗人、词人，都各有很多传世名篇，限于篇幅，书中每人只选取了二三十首代表作品。限于编辑水平，书中会有种种不尽如人意之处，敬请读者朋友提出宝贵意见。

目 录

CONTENTS

李煜

中国古典诗词精品赏读

李煜简介

唐朝末年，庐州刺史杨行密占据以扬州为中心的江淮一带，建立吴国。杨行密死后，政权落入大将徐温之手。徐温死于吴顺义七年（927）。十年之后，即吴天祚三年（937），徐温的养子徐知诰废吴主杨溥而自立，即皇帝位于金陵，定国号为唐，建元升元，史称“南唐”。徐知诰自称是李唐子孙，升元三年，复姓李，改名昪。

中国文学史上第一流的大词人李煜，便是南唐烈祖李昪的孙子。李昪死后，其子李璟即位，是为“南唐中主”。李璟死于公元961年，李煜继承君位，史称“南唐后主”。宋开宝八年（975），南唐为北宋所灭。

李煜（937—978），字重光，初名从嘉，是南唐中主李璟的第六子，生于南唐烈祖升元元年（937），卒于宋太宗太平兴国三年（978），时年四十二岁。

史书上说李煜生有奇表，广额丰颊，骈齿（两个牙齿连在一起），一目重瞳（一只眼睛里有两个瞳仁），风神洒落，天资聪颖。在父亲李璟的影响下，他自幼爱好诗书。李璟雄才大略不及其父李昪，但极富艺术修养，宫中藏有丰富的墨宝典籍，身边又有冯延巳等以文学见长的大臣。当时的南唐，在政治、军事方面虽不及北方的后周，但文化氛围极好。李煜从小受父兄师长熏陶，年轻时便才华横溢，多才多艺，文章诗词，无所不能；书法绘画，无不通晓。在诸位兄弟之中，李煜卓然出众，深得李璟宠爱。

南唐中主保大十三年（954），李煜十八岁，和比他大一岁的周娥皇结婚。七年后李煜即位为南唐国主，娥皇被立为后，史称“大周后”。娥皇是大司徒周宗的女儿，才貌双全，通文墨，精音律，善歌舞，尤擅琵琶。《霓裳羽衣曲》是唐玄宗时名曲，至五代已成绝响，残谱为李煜所得。大周后根据《霓裳羽衣曲》残谱，加以删补改定，遂能演奏。李煜的词中，有一首《玉楼春》：“晚妆初了明肌雪，春殿嫔娥鱼贯列。笙箫吹断水云间，重按霓裳歌遍彻。临风谁更飘香屑？醉拍阑干情味切。归时休照烛花红，待踏马蹄清夜月。”词中所写，可以看作是李后主和大周后这对青年夫妻艺术生活的真实写照：春殿歌舞，踏月而归，夫妻双方都陶醉在艺术的境界之中。李煜与娥皇不但是艺术上的知音，更是生活中的知己。这对多才多艺的恩爱夫妻，婚后过着神仙眷侣一样的幸福生活，娥皇弹琴，李煜填词，两个人或在明月之下相拥低唱，或在丝竹声中翩然起舞。他们还生了两个天资聪慧的儿子。

可惜好景不长，在婚后的第十个年头，四岁的次子仲宣意外夭折。不久，大周后也凄然下世，时年二十九岁。李煜对爱妻之死痛惜不已，亲自草拟《昭惠周后诔》，署名“鳏夫煜”，命石工镌刻在娥皇陵园的碑上。这篇诔文追述娥皇的端庄娇美和出众才华，寄托了对娥皇的怀念和哀思，情见乎辞：“昔我新昏，燕尔情好。媒无劳辞，筮无违报。归妹邀终，咸爻协兆。俯仰同心，绸缪是道。执子之手，与子偕老。今也如何，不终往告！呜呼哀哉！”

公元968年，李煜立周娥皇的妹妹为国后，此即小周后。小周后比大周后小十四岁，姿容有过之而无不及。大周后病重之时，小周后进宫探望，得以与李煜邂逅相逢。她的美貌使李煜为之倾倒。小周后的性格比姐姐要活泼得多，散发着青春的气息。在她的身上，李煜仿佛看到了娥皇昔日的神采，对她极为倾心。大周后还在世的时候，李煜便曾与小周后幽期相会。李煜有一首《菩萨蛮》词纪念他们的幽会：“花明月暗笼轻雾，今宵好向郎边去。刬袜步香阶，手提金缕鞋。 画堂南畔见，一向偎人颤。奴为出来难，教君恣意怜。”当时年方十五岁的小周后大胆追求爱情，幽会时为掩人耳目，她放轻脚步，手里还提着刚刚脱下的金缕绣鞋。

小周后聪明伶俐，李煜对她无限怜爱。他在《一斛珠》词里写她撒娇的样子：“晓妆初过，沉檀轻注些儿个。向人微露丁香颗。一曲清歌，暂引樱桃破。 罗袖裛残殷色可，杯深旋被香醪涴。绣床斜凭娇无那。烂嚼红茸，笑向檀郎唾。”李煜陶醉在小周后的青春气息之中。在他看来，大、小周后姐妹二人，就如同古时一同嫁给舜帝的娥皇、女英两姐妹，是上天对他的恩赐。美丽、聪慧的大、小周后，给了李煜无限慰藉。他沉迷于奢靡富丽的宫闱生活之中。“红日已高三丈透，金炉次第添香兽，红锦地衣随步皱”（《浣溪沙》），是李煜宫闱生活的真实反映。

先后拥有大、小周后两位美艳多情妻子的李煜，过着风流浪漫的婚姻爱情生活。可是身为一国之主的李煜，在政治生活方面却颇多不如意之处。

李煜生性天真、浪漫，文士气有余而帝王气不足。他上面有五位兄长，本来没有多少继位的可能。长兄太子燕王李弘冀是一个权力欲极其强烈的野心家。李弘冀为人刚毅果断，善于权谋，曾领兵在常州大败吴越国的军队，因战功而被立为太子，参与国事。但是李弘冀独断专横的作风，却不为父亲李璟所喜。李璟生性仁爱孝友，即位之初即表示王位要兄终弟及，并立其弟李景遂为皇太弟。这引起李弘冀不满，矛盾愈演愈烈，终于发生悲剧。公元959年八月，太子李弘冀鸩杀叔父晋王李景遂。九月，李弘冀死。李煜自郑王徙吴王，以尚书令知政事居东宫，成为南唐王位继承人。

李弘冀在世时，面对专横深沉的长兄，李煜不得不存一种避祸的心理。他的才华为父亲所赏识，又和大舜、项羽一样生有异象，怎能不被长兄猜忌呢？李煜采取的策略是躲避，表明自己无意于王位。从他给自己所取的“钟隐”“钟山隐士”“钟峰隐者”“莲峰居士”“钟峰白莲居士”这些别号，不难看出李煜的这种立场和姿态。这个时候他写有两首《渔父》词，是为南唐内供奉名画家卫贤绘制的《春江钓叟图》所题。他在词中歌颂渔隐生活，用意不外乎两个：一是摆出无意于权力的姿态，以消除长兄的猜忌心理；二是表明自己的志趣所在，即厌憎宫廷斗争，向往自在、乐天的生活。

李煜生性恬淡，本无意于执掌朝政。他没有什么野心，不想成就什么政治大业，一心只想做个饱读诗书的贤士大夫，过浪漫风流的文士生活。可是造化弄人，偏偏让他这个无心问政的才子做了南唐国主。他的五个哥哥都死在父王李璟的前头。李煜二十五岁那年，父亲病故，他顺理成章地继承君位，做了南唐国主。

在继承君位之前，李煜所要解决的主要政治问题是来自长兄的猜忌，宫廷内部争夺权力的斗争使他厌憎。而做了南唐国主之后，他必须承担国主之责，来自强敌北宋的外部压力，更让他觉得屈辱和难以承受。

南唐中主李璟富有文学才华，早年也有所作为，曾一度开疆拓土，将烈祖李昪传给他的二十四州国土扩大到三十五州。但中主晚年时候，面临北方强大的后周的步步紧逼，军事上连连失利。后周显德三年（956），周世宗柴荣亲征南唐，两年内即占领南唐江北大部分州县。显德四年（957），南唐开始奉周正朔，不再有自己的年号；第二年，李璟自请削去帝号，改称国主。后周尽得南唐江北诸州，南唐实际已等同于附庸。公元960年，后周大将赵匡胤篡周称帝，国号宋，建元建隆，是为宋太祖。第二年，李璟卒于南都洪州，李煜嗣位于金陵。李后主在治国用兵方面的才能远逊乃父，而宋太祖的雄才大略更胜周世宗。此消彼长，南北势力对比愈加悬殊。南唐中主李璟尚不足以与北方强敌一争短长，叫一个性格懦弱、又不习军事的李后主怎样来挽救国家的颓势呢？他所能做的，就只有对宋年年纳贡，委曲求全。李煜绝无与北宋对抗的信心，他最大的希望是能够苟且偷安，在有生之年不做亡国的俘虏而已。但他深知这一希望也很渺茫，因此一面吟咏宴游，在宫闱之中醉生梦死；一面向佛教寻求慰藉，大修佛寺，诵经念佛，以求精神上的解脱。

李煜在位的十五年中，侍奉北方强宋，始终小心谨慎。无论宋怎样挟制和压迫，他都无条件接受。宋开宝三年（970），李后主遣其弟郑王李从善朝贡北宋，并上表请改唐国主为江南国主，唐国印为江南国印，宋对南唐下诏可以直呼李煜之名。次年南唐又贬损仪制，降封子弟。无论如何有辱国体，李煜都强忍下去。只是对宋太祖召他入朝一事，他不敢轻易冒险。他非常害怕被宋太祖扣押，这种担心有充分理由，因为其弟李从善朝宋，便被宋太祖扣留在汴京。李煜想念弟弟，担心他在汴京受太多的委屈，上表宋太祖，请求放从善回南唐，但是宋太祖不允许。李煜既难堪又伤心，写过一首《阮郎归》（东风吹水日衔山）表达这种复杂的心情。近代人俞陛云说："词为十二弟郑王作。开宝四年，令郑王从善入朝，太祖拘留之。后主疏请放归，不允。每凭高北望，泣下沾襟。此词春暮怀人，倚阑极目，黯然有鸰原之思。煜虽孱主，亦性情中人也。"这种评论颇中肯。

李煜虽贵为一国之主，但时时受制于人，内心深处总免不了凄惶和哀伤。亲人之间的生离死别，尤其让他难以释怀。虽然有美貌、伶俐的小周后陪伴在身边，但小周后毕竟年轻，未必能如大周后那样与他心心相印。况且受制于人的难堪与屈辱，又是那样难以和人诉说。因此，他这一时期的作品，弥漫着淡淡的哀愁，细腻深婉，缠绵悱恻。如《喜迁莺》一词："晓月坠，宿云微，无语枕频欹。梦回芳草思依依，天远雁声稀。 啼莺散，余花乱，寂寞画堂深院。片红休扫尽从伊，留待舞人归。"这大约是在凄苦无助之际，想念那曾与他心心相印的大周后吧。又如《长相思》（云一緺）一词，从表面上看，是抒写一位女子秋夜独坐的无尽相思，但这其实不过是借他人之酒杯，浇自家之块垒。身为南唐国主的李煜，心境其实和那长夜无眠的女子一样凄楚可怜。

李煜的性情或许适合做一个承平天子，他无论如何应付不了这种风雨飘摇的局面。国势让他绝望，让他感到孤苦无依。他既没有对抗外敌的才能，更缺乏对抗的勇气，他所能做的只是卑躬屈膝，可是北宋主子对他的态度，又时时让他感到屈辱。他这一时期的作品，以情辞深婉为特色。李煜的身份决定了此时的他不可以长歌当哭，所谓“短歌微吟不能长”。内心的凄惶和无助，也助长了他醉生梦死、及时行乐的思想。内心愈是凄惶无助，愈是要及时行乐。可是这场梦终究要醒。

相传南唐名臣徐铉曾面诘宋太祖，说南唐事宋，如子事父，谨小慎微，宋太祖不应伐南唐。宋太祖却说，既然是父子，怎么可以是两家呢？这也就是说，无论什么也阻止不了宋太祖一统天下的雄心。李后主委曲求全，更让宋太祖觉得南唐软弱可欺。宋开宝五年（972），宋太祖在汴京造礼贤馆，等着李后主来归降。南唐群臣中也有一些人看出，宋太祖是不灭南唐不罢休。开宝六年，南唐内史舍人潘佑、户部侍郎李平极力劝谏李煜武力对抗北宋，可是李煜完全没有对抗的信心，他不但拒不受谏，还把潘、李二人下狱，二人先后死于狱中。开宝七年，宋太祖两次召李煜入朝，李煜都因害怕被拘不归而不敢前往，宋太祖遂下令征伐南唐。宋军水陆两路并进，进攻江南，吴越王钱俶亦派兵攻打南唐。南唐小朝廷苟延残喘的梦想被彻底打破，李煜迫不得已，这才下令抵抗，去开宝纪年，不奉宋朝正朔。然而这时候他已无力阻挡宋军的脚步。

北宋开宝八年（975）十一月，南唐的国都金陵城被宋军攻破。李煜欲自杀，不果，带领群臣肉袒而降，与子弟、官属四十余人随宋军北上。第二年正月，李煜一行到达汴京，他白衣纱帽待罪于明德楼下，受宋封为违命侯，官拜右千牛卫上将军。这一年李煜正好四十岁，他从此开始了在汴京的囚虏生涯。同年十月，宋太宗即位，改元太平兴国，改封李煜为陇西郡公，但李煜的囚徒生活并未因此改观。据《十国春秋·后主本纪》记载，太平兴国二年（977），李后主自言家贫，宋太宗下诏增给月俸，并赐给他三百万钱。虽然李煜所谓“贫”，并不见得是真正穷到了什么程度，但比起昔日一国之君的奢华生活来说，他的臣虏生活确确实实要清苦得多。

比经济困窘更令李煜难以承受的是孤独和羞辱。他曾上表宋太宗，请求派旧臣潘慎修给自己做书记，却没有得到允许。南唐宫廷藏书极其丰富，南唐灭亡前夕，李煜毁掉了其中一部分。北宋灭南唐之后，将南唐宫廷藏书据为已有，宋太宗还有意召李煜到崇文院观书，趾高气扬地对他说：“闻卿在江南好读书，此简策多卿旧物，归朝来颇读书否？”抢了人家的东西，还要这样羞辱人家。文士气质浓厚的李煜素来自许心灵高贵，几曾受过这样的屈辱？心灵一而再地受伤，他的悔恨无以复加。他在寄给金陵旧宫人的信中说“此中日夕只以泪洗面”，其屈辱与伤感可想而知。他的心灵一下子变得苍老起来，胸中郁积了太多的今昔之感。一个尊贵的帝王，就这样沦为阶下囚，寄人篱下，仰人鼻息，他的内心有太多的伤感和悔恨。这种种情感，都一齐涌到他的笔端。且看他写于此期的《破阵子》："四十年来家国，三千里地山河。凤阁龙楼连霄汉，玉树琼枝作烟萝。几曾识干戈。　一旦归为臣虏，沈腰潘鬓消磨。最是仓皇辞庙日，教坊犹奏别离歌。垂泪对宫娥。"一旦归为臣虏，那些美好的生活都成为过去，记忆愈刻骨铭心，悔恨就愈撕心裂肺。作为阶下囚的李后主，终日以泪忏悔。逃避、屈辱和忍让，都没有让他摆脱归为臣虏的悲惨命运。他原本只求苟活与偷安，可是最终还是失去了一切，失去了江山，失去了自由，失去了文艺生活，也失去了尊严。更令他难堪和倍觉屈辱的是，降宋之后，小周后被封为郑国夫人，随例朝谒，常被留在宫中，饱受宋太宗侮辱，数日方被遣回。小周后回到家中，每每痛哭叫骂，令李煜痛不欲生。

所有的屈辱在李煜的内心积淀，沉重到无以复加。这位忍辱偷生的亡国之君终于也有所感愤，有所爆发。太平兴国三年，南唐旧臣徐铉奉宋太宗之命去见李后主，后主悲不能胜，长叹道："真后悔当时杀了潘佑、李平！"这话传到宋太宗那里，宋太宗于是起了杀害李煜之心。在李煜四十二岁生日时，也就是太平兴国三年（978）的七月初七，宋太宗命人赐牵机药，将他毒死。

李煜被赐死之前，早已觉悟。他选择的抗争方式不是帝王式的，而是文人式的。他在《虞美人》词里写道："春花秋月何时了，往事知多少？小楼昨夜又东风，故国不堪回首月明中。　雕阑玉砌应犹在，只是朱颜改。问君能有几多愁？恰似一江春水向东流。"他忘不了故国，忘不了亡国之恨。既然苟活对他来说已没有什么意义，他便不再掩饰，而一任故国之思和亡国之恨奔涌在词中。相传他临死之前，也就是四十二岁生日的那个七夕，他在赐第里为自己过生日，命从金陵跟随自己而来的歌伎作乐，不避嫌疑，声闻于外。这和长叹“悔杀了潘佑、李平”一样，触动了宋太宗的杀机。

李煜屈辱地苟活了一生，终于在他独有的抗争中死去。可以说，他是以这些饱含血泪之词，完成了灵魂的自我救赎。

李煜死后，被追赠太师，封吴王，葬于洛阳北邙山。作为帝王的李后主，只是一个庸碌无为的亡国之君；但作为词人的李煜，却是那样才华横溢，在中国文学史上占有重要地位。李煜流传下来的词作不是很多，但大部分是令人称道的杰作。这些作品真实地反映了他一生的生活和情感经历，尤其是晚期那些抒写故国之思、亡国之恨的作品，字字血泪，无怪乎王国维在《人间词话》中说：“后主之词，真所谓以血书者也。”清代沈谦在《填词杂说》中说：“余谓李后主拙于治国，在词中犹不失为南面王。”晚清王鹏运《半塘老人遗稿》也说：“盖间气所钟，以谓词中之帝，当之无愧色矣。”在词的王国里，李煜不愧为一代君王，“词中之帝”。一千多年过去了，作为词人的他仍被无数后人所铭记，他的词作被视为中国文化的瑰宝。

《渔父图》局部　南宋·夏圭（旧传）

渔父

浪花有意千重雪，桃李无言一队春。

一壶酒，一竿纶，世上如侬有几人？

题解

这是一首题画词，是李煜为南唐内供奉名画家卫贤绘制的《春江钓叟图》所题，他一共题了两首，这是其中一首。王国维对这两首词稍有存疑，他认为从词的下笔用意上看近于平凡质朴，恐怕并非李后主所作。但从李煜的生平经历来看，在他做太子以前，他的长兄李弘冀觊觎王位，不惜毒杀叔父皇太弟李景遂。对生有异象、并深受父王喜爱的李煜，李弘冀难免存有忌恨之心。李煜借题写《渔父》词，表明自己对政治权力毫无兴趣，或许即是出于避祸的考虑，希望长兄不要把自己当成假想的敌人，不再对自己作无端的猜忌。而且，此词是一首题画词，自然要紧扣“钓叟图”的题意，着意突出民歌风格，与李煜一贯的词风略有不同，是可以理解的。客观说，这首词自然清逸，艺术上亦有可取之处。

句解

浪花有意千重雪，桃李无言一队春

写千重浪花如雪，加上“有意”二字，尤显生动。接下来笔锋一转，写春天桃李芳菲，色泽交融。“一队”后着一“春”字，不仅显示出桃李的生机，而且又透出别样的俏皮。李煜从卫贤的画中摄取神髓，用词绘出明畅绚丽的意境。这两句是景语，又是情语。用“桃李无言”对“浪花有意”，不取“桃李不言，下自成蹊”这句古谚语的喻意，而只是将景物拟人化，形成佳对，从而衬托渔父。这开端两句虽未直接写到渔父，但已从侧面描绘出渔父的形象。画中的主人公渔父，趁着春江水涨，驾一叶小舟，随水顺风而下。好风推舟行进，轻舟分浪飞驶，浪花迎面而来，如溅起千堆雪。渔父心中开怀，而浪花也似有意。船行浪中，两岸桃红李白，列队相随，花树多情，渔父恬畅。这两句词，正是渔父行船的生动特写。

一壶酒，一竿纶，世上如侬有几人

这几句是点睛之笔，正面写出渔父淡泊潇洒的人生境界。两个三字句，写好极难，须自然有力，拼凑或增减一字都要不得。而李煜处理得很好，看似信手拈来，其实也是锤炼的结果。“一壶酒”，写出渔父的精神状态；“一竿纶”，点明渔父的职业和身份。单说“一壶酒”，也许还可以联想到别的人；但紧跟着说“一竿纶”，则肯定是渔父无疑了。末句突现高峰——“世上如侬有几人”，“侬”在这里当“我”讲。这句话是渔父的自述：在尘世上，像我这样自在快活的人，恐怕不多吧？这位钓叟，无风波之险，而有自然之乐，在自己的糊口生涯中找到乐趣。他摆脱世俗的羁绊，避开名利的枷锁，自在逍遥，谁不羡慕呢？

评 解

词史上最早写《渔父》词的，是唐代的张志和。李煜这首词继承张志和的“渔父家风”，写渔父的快乐逍遥。开篇选取两个场景来表现渔父的生活环境，一是江中，一是岸上。江中，千重浪花翻滚如雪，一望无际，境界阔大。浪花翻滚，本属“无意”，而词人偏说它“有意”，就写出了渔父与大自然的亲和感。江涛有意卷起雪浪来娱乐渔父的身心，衬托出渔父心情的快乐轻松。岸上，一排排的桃花李花竞相怒放，把春天装点得十分灿烂。江中岸上所见，尽是美景。接着写渔父的装束和生活，身上挂着一壶酒，手里撑着一根竿，想到哪儿就把船撑到哪儿，想喝酒随时都可以喝上几口，高兴了就唱首渔父歌，多自由，多快活！“这世上像我这样的自由人，能有几个呢？”结句以第一人称的口吻写出，实际上表达了作者对渔父的艳羡之意，就像王维《渭川田家》诗里所说的“即此羡闲逸”。李煜本是文士气很重的人，他一直向往自由自在的生活。更何况此时他在宫廷生活中无端被人猜忌，于是愈发艳羡渔父的逍遥、乐天生活。

《宫乐图》局部　唐代·佚名

浣溪沙

红日已高三丈透，
金炉次第添香兽。
红锦地衣随步皱。

佳人舞点金钗溜，
酒恶时拈花蕊嗅。
别殿遥闻箫鼓奏。

题解

这首词是李煜对自己帝王生活的生动刻画，真实地再现了酒醉歌迷、纵情声色的宫廷生活。整首词描写精细，情景逼真。

句解

红日已高三丈透

太阳高高升起，正透过薄薄的帷幕射进宫来。“一日之计在于晨”，对普通人来说，这是一天中最为宝贵的时刻。而此时的帝王家又是怎样一番情景呢？是早朝方罢，还是晏睡刚醒？身为君主的李煜，早已经荒废了政事，此时不过是通宵达旦欢愉过后的片时小憩，只待精神恢复，便要接着继续享乐。这一句主要点出时间。“三丈”，即所谓“日上三竿”，说明时间已经不早，快到正午时候了。写红日，用一个“透”字，突出了阳光的强烈，下笔十分有力。

金炉次第添香兽

暮去朝来，炉中香料渐渐燃尽。宫中的侍女们开始逐次往这些金炉中添加香料。“金炉”，金属铸成的香炉；“香兽”是用炭末匀和香料，再做成兽形；“次第”两个字写添香，不仅体现出侍女们从容优雅的姿态，而且造成一种络绎不绝的场面，由此可以想见金炉数量之多。香料烧完，又得往香炉里添加，可见时间延续得相当漫长。侍女们如此忙碌，到底是为了什么呢？

红锦地衣随步皱

用红锦织成的地衣，被纷沓的脚步踩得都打起了皱。“地衣”是古时候铺在地上的纺织品，如同今天的地毯；这里的地衣是用红锦织成的，益显其富贵气象。“随步皱”的“步”，有人理解为往来侍女的脚步，有人认为是舞女们的舞步。两种说法都可取。不过红锦在当时是相当贵重的，属于进贡物品，不会随处都铺设，只在宫廷的特殊场合作专门之用，比如在宫女歌舞的时候铺设，如此看来，“步”解释为舞步或许更为合理。

佳人舞点金钗溜

音乐或缓或急，而佳人随着音乐起舞，游刃有余。只见她时而紧促，时而舒展，时而旋转，真是千娇百媚，宛转袅娜。舞到沉酣尽兴的时候，她突然来了一个急速的旋转，发髻松散，以致头上的金钗竟然滑落下来。关于“舞点”，说法不一，有人认为“点”是节拍，“舞点”即是舞步的节拍；也有人将“舞点”解释为“舞透、舞彻”，即舞者进入高潮，舞得酣畅淋漓，忘乎所以，舞到了极致。描写佳人舞姿出众，而抓住“金钗溜”这样一个看似不完美的细节，所谓颊上三毫，艺术效果便更加鲜明灵动了。

酒恶时拈花蕊嗅

这一句写的是君王和嫔妃们欣赏歌舞时的情态。“酒恶”，指酒醉，也即“中酒”。酒醉中的人儿，不胜酒意，叫侍女摘来鲜花，时不时放在鼻前闻嗅，用鲜花的香气来消解酒意。“酒恶”是当时江南俗语，因此有人称这一句是“用乡人语也”。这种吸收口语入词的手法，在当时颇为普遍，它使得词这种诗体更加贴近生活，增加了词的生动意味。这一句历来被认为是描写入神的佳句。“拈”和“嗅”两个动词尤其具有戏剧意味，把一种尽情嬉戏却仍未满足的情态传神地表达了出来。

别殿遥闻箫鼓奏

这里已是歌舞喧腾，此时又远远地听见别的宫殿传来箫鼓阵阵。可见这样的轻歌曼舞已经弥漫整个朝廷。歌舞升平，狂欢达旦，其繁华奢靡、及时行乐之状可想而知。

评解

这首词极力描绘宫中奢华的生活场景，将声色豪奢、风情旖旎的画面鲜明地展现在读者眼前。词中主要写白日里举行的一场宫廷舞会，细致地刻画宫廷舞台富丽堂皇的布置，生动地状写舞女们轻盈灵动的舞步和妩媚婉转的姿态。词中还记录下了佳人舞罢欢饮、醉后撒娇的情形。词中展现的是一系列有关联的画面，把它们串连起来，便宛如一轴宫廷舞会长卷。能把宫中生活写得如此传神，自然非身兼国君与词人两重身份的李煜莫属。宋人陈善在《扪虱新话》里评价这首词说："帝王文章，自有一般富贵气象。"说得很到位。

词的起首，从"红日已高三丈透"领起，暗示这是一场通宵达旦的舞宴。这是外景。接下来镜头自然地转向宫廷内，"金炉次第添香兽"，这一句除了描绘宫廷的豪奢气派之外，还表现出舞会热闹喧哗的氛围。宫中倦寝晏起的生活可想而知。然后镜头再次转换，给了一个局部特写，"佳人舞点金钗溜"，这个特写突出了舞会的焦点，那技艺出众的舞女。"酒恶时拈花蕊嗅"，镜头又转向观看歌舞的观众，着重写皇宫贵族们欢娱畅饮的神态。词的收束

“别殿遥闻箫鼓奏”，和起首两句相呼应，又回到了外景，而且镜头渐渐拉远。由结句我们可以想见宫廷中是一片歌舞升平的景象。南唐小朝廷太平时代的繁华气象和当时朝廷贵族们醉生梦死的生活状况，可以从这首词中窥见一斑。后主这首词可以说是其奢华生活的实录，在描写上十分真实、贴切，“作者自写其得意，为穆天子之乐未央，适示人以荒宴无度”（俞陛云《唐五代两宋词选释》）。只有后主这样的身份，才能表现此等天子之乐。至于内容上的“荒宴无度”，后人尽可以将其看作反面教材。

《宫妃话宠图》局部　清代 · 丁观鹏

玉楼春

晚妆初了明肌雪，春殿嫔娥鱼贯列。
笙箫吹断水云间，重按霓裳歌遍彻。

临风谁更飘香屑？醉拍阑干情味切。
归时休放烛花红，待踏马蹄清夜月。

题解

《霓裳羽衣曲》为唐代著名舞曲，由开元中河西节度使杨敬忠进献。到五代时，这首名曲已濒于失传。李煜得到了它的残谱，由精通音律的大周后重新整理之后，又可以演奏。这一篇主要描绘当时在宫廷中排演此曲的情景，可以说是一场大型宫廷歌舞表演的实录。

句解

晚妆初了明肌雪，春殿嫔娥鱼贯列

刚刚施完粉黛的嫔妃们光鲜亮丽，肌肤如雪一般洁白明艳；只见她们一个接着一个地排列于御殿之上，等待舞乐的响起。“晚妆”是专为歌舞夜宴而施，色泽自然是十分浓丽光亮。特意施晚妆表演，令人联想到乐舞的盛大。“明肌雪”形容肌肤之美，温庭筠词中有“鬓云欲度香腮雪”（《菩萨蛮》），韦庄词中亦有“皓腕凝霜雪”（《菩萨蛮》），均以雪来比喻女子肌肤的白滑柔嫩，给人以鲜活的感觉。“春殿”点明了时节和地点。“鱼贯列”，指宫女们依照次序排列着，因为像鱼儿游水那样一条挨着一条前后连接的样子，故称作“鱼贯”。参加歌舞的嫔娥数量之多，可想而知；但她们的队伍仍是那么次序井然、有条不紊。

笙箫吹断水云间，重按霓裳歌遍彻

笙箫奏起，乐声悠扬，吹到极致之处，宛如飘荡于水云之间一般，余音缭绕、千回百转，犹如天籁。《霓裳羽衣曲》奏过了一遍，却意犹未尽，于是叫乐工将所有的曲目一遍又一遍地重加演奏，直到意兴阑珊。“笙”“箫”是两种管乐器；“吹断”意思是吹罢、吹尽。音乐虽然停歇了，但是依旧余音在耳，绵延不断，人们仍旧沉浸其中。“水云间”可以是远水天云，遥遥相接；也可以是行云流水，闲澹自然。古人爱用“水云”来形容音乐美好，如同仙境仙乐一般令人心醉。“按”，即演奏之意；“遍”，大曲一叠叫作一遍。《霓裳羽衣曲》散序六遍，中序以下十二遍，前六遍无拍不舞，后十二遍有拍而舞。“彻”指的是乐曲的最后一遍，是曲子的“终”“末”，其音调高亢而急促。这一句写歌舞乐声，极尽描摹之能事，引人入胜。

临风谁更飘香屑？醉拍阑干情味切

一阵清风拂来，百合淡淡的香气顿时弥漫了整个宫殿，这香味究竟是从哪儿飘来的呢？李后主觉得是那么地惬意，痛饮至酣醉，手拍着栏杆，沉溺于深切的情味之中，心醉神驰。李后主宫中设有专门的主香宫女，其主要职责便是焚香、飘香，使宫殿保持芬芳清馨。“香屑”一般由花粉研制而成，此处指的是百合花香。香气临风飘散，弥漫开来，风助香飘，用一个“临”字，尤显灵动。“醉拍”描摹惬意情态，入木三分，读此二字，彼时情景俨然在目。

归时休放烛花红，待踏马蹄清夜月

这一句写的是歌舞结束，李后主稍作修整，准备起驾回寝宫的情景。他余兴未已，还不忘吩咐侍卫们：“回去的路上千万不要点燃烛光，朕要骑着马儿，踏着这清澈如水的月光缓缓归去。”“踏”字用得十分巧妙，不仅让人联想到马蹄清脆的声音，而且想到词中主人公仿佛是踏着一片清幽的月色归去。可以看出，李煜不是一位只会纵情于声色的君王，他还是很有艺术气质，很会享受生活之中另外一种情趣的。

《春溪弄箫》局部　近代·陈少梅

评解

明代沈际飞《草堂诗余正集》卷一称“此驾幸之词，不同于宫人自叙”，说明这首词是从李煜驾幸观看歌舞表演这一角度展开的。这首词主要描绘当时宫廷中排演《霓裳羽衣曲》的情景，场景宏大，色泽富丽。词从嫔妃们明艳的肌肤、靓丽的妆容写起，配以悠扬飘渺、直穿水云的乐声，引人进入一种如梦如幻的境界。下阕从人物的感受入手，“临风谁更飘香屑”，仿佛是落花飘漾于空中的香气，使夜晚的绮丽气息愈发浓厚了。陶醉于美酒、更陶醉于歌舞的人儿适情快意，竟“醉拍阑干”，不能自已。整篇下笔自然真实，又不失俊逸神飞。词的收束处写夜宴方罢，准备踏月而归的情形，如此收束，亦别有一种清新的韵致。近代人俞陛云称：“此词极富贵……其‘清夜月’结句，极清超之致。”（《唐五代两宋词选释》）近人唐圭璋也指出：“‘归时’两句，转出踏月之意。想见后主风流豪迈之襟抱，与‘花间’之局促房栊者，固自有别也。”（《唐宋词简释》）

《晓妆图》局部　近代·陈少梅

一斛珠

晓妆初过，沉檀轻注些儿个。
向人微露丁香颗。
一曲清歌，暂引樱桃破。

罗袖裛残殷色可，杯深旋被香醪涴。
绣床斜凭娇无那。
烂嚼红茸，笑向檀郎唾。

题解

《草堂诗余》别集题这首词为“咏佳人口”，《历代诗余》题作“咏美人口”。这首词可能是形容小周后的。整首词通过描绘美人的口唇，写出了美人的娇憨情态，温馨艳丽、荡人心魄。

句解

晓妆初过，沉檀轻注些儿个

这是一幅美人晨起施妆图。佳人清晨起来，梳洗完毕，对着镜子描上淡淡的妆容。当然，她最后不会忘记在唇上轻轻地点上深红润泽的唇膏。“初过”是指妆罢、妆成。“沉檀”，古代化妆品，其功效相当于现在的唇膏，色泽深红，古时候女子化妆时多用它来点缀唇部。“些儿个”是方言，指一点点儿。“轻注”则使人想见，这位女子画唇时该是多么用心。

向人微露丁香颗。一曲清歌，暂引樱桃破

清歌之前，只见她对来人轻启双唇，微露舌尖。待到唱时，双唇随着歌声慢慢开合。“丁香”，又叫鸡舌香，由两片形似鸡舌的子叶合抱而成；古人取舌、香二义比喻美人之舌，亦用以比喻小而圆的口型。这里可以理解为：女子向来人微微一笑，嘴唇似启非启。“樱桃”则常用来形容女子娇小红润的双唇，白居易的诗中便有“樱桃樊素口，杨柳小蛮腰”之句。“暂引樱桃破”的“破”字用得尤为传神，女子歌唱之时，点着沉檀的双唇微启，就像樱桃绽开一般，这是多么有声有色的一幅画面！

罗袖裛残殷色可，杯深旋被香醪涴

这一句写佳人饮酒，描摹尤其细微，颇见情趣。女子端起酒杯，起初是尝试，稍稍饮了一小口；她不想红唇被酒沾湿，于是悄悄地用衣袖按拭，因而在衣袖上便留下浅浅的唇红。酒喝多了之

后，女子更是频频用衣袖按拭，此时不光是衣袖，便是醇酒和酒杯上，都留下了她唇红的痕迹。“裛”有沾湿的意思，“残”即残存。这是通过红唇留下的痕迹，间接地来写女子的双唇。“杯深”倒未必是指酒杯有多大多深，只是用以突出女子不胜酒力的娇态而已。“涴”有沾污的意思，“旋”是旋即、很快的意思。两句联在一起，是说佳人才用衣袖拭去唇边的酒痕，很快又有人前来劝酒。

绣床斜凭娇无那。烂嚼红茸，笑向檀郎唾

酒喝得差不多了，女子似乎已醉意浓厚，竟自娇慵地斜靠在绣床上。她含情脉脉地凝望着郎君，口中嚼着槟榔或是樱桃一类的果品，一边笑着，一边把嚼碎的果品向情郎吐去。这是全词的亮点，仍旧紧紧围绕着女子的口唇展开。一“嚼”一“吐”两个动作，将女子娇纵调皮的性格展露无遗，让人顿生怜爱之心。“红茸”，指槟榔或是樱桃一类的红色果品；也有人认为即“红绒”，也就是刺绣用的红色线缕，古代女子刺绣时习惯用牙齿将线头咬断，唾吐于窗下。“檀郎”，对夫婿或情郎的美称；晋潘岳美姿容，妇女皆慕其丰仪，潘岳小名儿叫檀奴，故也称檀郎。

评解

明人潘游龙《古今诗余醉》卷十二高度评价这首词：“描画精细，绝是一篇上好小题文字。”且来看整首词：“晓妆初过”，首先表现美人的面部；“沉檀轻注些儿个”，加入了动作，并突出表现美

《宫乐图》局部　唐代·佚名

人的小口。“向人微露丁香颗”，更引出了美人微笑的神情。“一曲清歌，暂引樱桃破”，这个镜头有声有色，将歌声脱口而出的动态描摹得生动异常。“罗袖裛残殷色可，杯深旋被香醪涴”，拂袖、举杯，由点及面，目的全在烘托小口。“绣床斜凭娇无那。烂嚼红茸，笑向檀郎唾”，不仅展示出美人的全身，还捕捉到她特有的调皮表演，把集中歌咏的一点（口唇）融化于整体（佳人）。清人李佳在《左庵词话》中，将这首词中的“烂嚼红茸，笑向檀郎唾”一句，与李清照词“倚门回首，却把青梅嗅”，以及汪懋麟词“待他重与画眉时，细数郎轻薄”，一并评作“皆酷肖小儿女情态”。整首词以写美人口为主，以美人的姿态服饰作为衬托，刻画出这位美人的“小儿女情态”。美人的颜色服饰、音容笑貌，无不描画精细，如见如闻。

《银塘晓月图》局部　清代·蓝涛

喜迁莺

晓月坠，宿云微，无语枕频欹。
梦回芳草思依依，天远雁声稀。

啼莺散，余花乱，寂寞画堂深院。
片红休扫尽从伊，留待舞人归。

题解

这首词写对所爱女子的思念。整首词缠绵悱恻，一往情深。前半阕写梦回初醒，心绪不安，回想梦中的情景，更加惆怅悲凉。后半阕写凄清的暮春景色中词人孤寂的心理。寂寞堂院、落红满地，词人面对的竟是这样一幅萧条景象。有人认为这首词是李煜写给已逝的昭惠皇后（即大周后）的，从整首词的哀惋情调看来，颇为可信。

句解

晓月坠，宿云微，无语枕频欹

刚刚从梦中醒来，坠月余晖，微云抹岫。词人的心境不宁，只能默默无言地在枕上辗转反侧。前两句以景语表现了梦醒后的惆怅。“宿云微”，指夜间布于天空的云散开了。“频欹”是指一再地倾侧，可见词人的心情是多么烦乱，难以再度入眠。

梦回芳草思依依，天远雁声稀

词人睡眼惺忪地遥望天际，回想梦中的情景，感叹芳草美人，情思无限依依；天边雁阵愈行愈远，雁声稀落，书信难凭。词人夜里总是睡不安稳，夜梦萦回，所思念的人儿梦里仿佛刚刚相见，梦醒又复杳然。这两句将词人入梦至梦醒的全过程及其心理状态都表现了出来。拂晓时分，梦里的残痕若隐若现，让人感到哀婉凄迷。“芳草”在诗词中常常用来指代离愁别恨，如温庭筠《菩萨蛮》“画楼音信断，芳草江南岸”，牛希济《生查子》“记得绿罗裙，处处怜芳草”，这里“芳草”代指的是梦中所怀念的女子。

啼莺散，余花乱，寂寞画堂深院

寂寞的暮春晨景，更衬托出怀念之情的深切。此处紧承上句，从稀落的雁声中顺势走笔，在寂寞中生出波澜。自己一人独处画堂深院，孤寂得连花鸟这样的伴儿都没有。那啼莺自散、余花乱落的场面，增添了冷寂的气氛。这中间明示伤春之情，暗寓怀人之苦。“啼莺”上接“雁声”，“余花”遥应“芳草”；“画堂深院”则是“梦回”寄情的处所。词人从视觉和听觉两方面刻画出寂寞的环境。

片红休扫尽从伊，留待舞人归

结尾两句从平易中拓出奇境，把“尽从伊”与“舞人归”两种极不协调的意象融合在一起，不仅深化了伤春之情，而且寄寓了一种美好的想像：保留下这块落花铺就的天然地毯，总有一天，我那可心的“舞人”归来，我将重新欣赏到她美妙的舞姿。这十二字，字疏而意密，语淡而情浓。“片红”满地本很寻常，吩咐“休扫”便进了一层；“尽从伊”，又进一层；“留待”则是把眼前景象送到远方；“舞人归”又把远景摄入近处。这种递进与深入手法的交织应用，使词句意蕴深沉绵远。作者以“啼莺”之实景唤起春情，而结束于“舞人归”的虚像，借以填补梦中的空白，间接地回应了“梦回”的失落，曲折地表达了思念伊人的深情。尽管有触目伤心的落花，也就索性不让人打扫了。为什么不让扫去落花呢？第一，要留给欢爱的人看看，好花到了这样的地步是多么可惜，从而引起她的警惕；第二，要让欢爱的人明白，惜花的人面对此景情何以堪，从而引起她的怜惜。总之，希望由此感动她，使她以后不再远离。可是“舞人”已逝，再也不能归来，悼亡之情徒劳而深切。词境至此，可说写得飘忽朦胧，烟水迷离，而又极其自然灵妙。

评 解

清人陈廷焯云：“李后主情辞凄婉，独步一时。”（《云韶集》）这首词写待人不归的相思情，很能体现这种“情辞凄婉”的特点。此词虽然视角频换，但意境完整。开篇两个镜头，既写户外之景，又点明时间：晓月初坠，夜云淡散。接着镜头切入室内：床上主人公沉默不语，斜倚枕上，辗转反侧。室内室外两组镜头叠映之后，生发出新的意味，表明主人公彻夜未眠。前三句为实景，下面两句为虚景，画面转入朦胧梦境：主人公情意绵绵地沿着芳草地追逐心上人。但天远地长，人既不见，连鸿雁的叫声也渐渐稀少。传说大雁可以传书，鸿雁飞来，也许会带来心上人的书信，带来希望和慰藉。而鸿雁既已远去，留下的仍然是失望。

下片又转入实景，分别从听觉和视觉角度构境。按俞陛云的说法，“春晚花飞，宫人零落，芳讯则但祈入梦，落红则留待归人，皆描写无聊之思”（《唐五代两宋词选释》）。户外黄莺婉转歌唱，搅碎了清梦。过片写莺声破梦，自然而巧妙地将上下片所写情景衔接成一个整体，结构上似断实连。花乱，是主人公开窗所见之景，又象征性地写出主人公心情的凌乱失望。“寂寞”一句，镜头在室内和深院来回闪现，展现的尽是空虚与寂寞。“片红休扫”，表现出主人公的失望和忧怨，自己既无人关爱，哪管它花落与花开？结句乍看似乎充满希望和期待，哀而不伤。但如果想到，抒情主人公和“舞人”昭惠周后之间是死别，而非生离，则不难想见，在痴情而无望的等待背后，留给词人的将是无尽的哀伤。

全词婉约而不纤细。“晓月”是高景，用一“坠”字使之下沉；“宿云”是大景，用一“微”字使之缩小；“天远”，则用“雁声”使之接近。这些景象又都传送到“无语频欹”的孤枕之上，为词人耳目所及。又如“啼莺”“花乱”“深院”“片红”以至“画堂”“舞人”，均纤丽缠绵，具有婉约之气。而这些景象也都是孤枕之上那位抒情主人公所见所想的，他的思绪既执着，又飘逸。在大词人的笔下，无论大小、远近、高低、巨细的景象，一经摄取，加以点染，即成完美的艺术精品。至于其运用之妙，恰如行云流水，无迹可寻。

《凝花仕女图》局部　清代・黄山寿

长相思

云一緺，玉一梭。

澹澹衫儿薄薄罗，轻颦双黛螺。

秋风多，雨相和。

帘外芭蕉三两窠，夜长人奈何。

题解

这首小令抒写一位女子独坐秋夜的无尽相思之情，整首词自然浑成，情词凄婉。

句解

云一緺，玉一梭

这两句从细处着眼，描摹女子的头发与头饰，极富形象性。“云”，形容女子发髻如云。“玉”，指女子的头饰。读者仿佛可以看到一位美貌女子的画像，只见她将长发挽成当时时髦的样式，发髻上颇费心思地插上了梭形的玉簪。

澹澹衫儿薄薄罗，轻颦双黛螺

这里继续描写女子的衣着。“澹澹”即“淡淡”，指衣衫的色调淡雅；“罗”当指“罗裙”；“薄薄”二字则着意写出纱绸质地罗裙的特质，从而展现了佳人淡雅的韵致和轻巧的身姿。只消从对女子衣着的描绘，便可以想像出其绰约的风姿。“螺黛”，古代妇女用以画眉的一种颜料，又名螺子黛，在此处借指女子的双眉。这位佳人双眉微皱，似乎含着淡淡的幽怨。这一句巧妙点出女子的性情，一幅优美的仕女图顿时活了起来。女子轻颦的双眉，隐隐传出一种不安；着一“轻”字，暗示着女子对这种不安刻意加以压制，只让这种焦虑似有似无地表现出来。由此我们更可以知道女子心中颇有分寸，她不愿让这种幽怨情绪肆意地发泄，因为她知道，即使将这种情绪尽情宣泄出来，也是徒劳。

秋风多，雨相和

“秋风”、秋“雨”表面写环境的萧瑟，其实更衬托出女子孤寂幽怨的心境。这样一个秋天的夜里，窗外风雨潇潇，雨杂风声，风助雨势；而这位正是大好年华的女子独坐守空房，心中该是怎样的滋味？李白有一首诗《怨情》：“美人卷珠帘，深坐颦蛾眉。但见泪痕湿，不知心恨谁。”诗的后两句，恰好可以作为这首词中女子情态的脚注。

帘外芭蕉三两窠，夜长人奈何

珠帘也不曾卷起，只听见窗外风卷雨丝，落在芭蕉叶上，发出滴滴答答的声响；女子听着，觉得这声响竟也同自己的心境一般凄凉哀怨，心情不免被搅动得更是苦闷。长夜漫漫，雨打芭蕉的声响更加重了夜里的幽凄冷寂，而它似乎没有丝毫停歇的意思，女子不由得感叹“夜长人奈何”，长夜难寐，孤寂的人儿哪里禁受得住这般秋风秋雨的侵袭，而深闺独坐，更令人难以消受，于是她终于道出了发自内心的感叹。这首小令到此戛然而止。仿佛这女子欲诉又止，一声感叹刚刚发出，便又收住。她没有说出的是什么，就要由读者自己来想像和填补了。

评解

整首词可以看作一幅清淡素雅的仕女画，而画中的女子又是不胜幽怨的。清人陈廷焯《闲情集》卷一评此词“情词凄婉”。读开篇三句，情调悠扬而轻快，使人误以为抒情主人公是一位风姿绰约，正沐浴在爱情春风之中、吸吮着爱情甘露的得意之人。岂料第四句急转直下，原来她眉间心上都锁着愁怨，是一个内心压抑苦闷的失意者。词的情调也一变而为凄婉，从而产生亭峰突变的审美效应。

如果说温庭筠的《菩萨蛮》（小山重叠金明灭）像是油画，浓笔重彩，那么李后主这首词就是素描。开篇几笔勾勒，就勾画出抒情主人公的动人形象。虽然温庭筠爱浓色，李后主爱淡彩，情趣各异，但李后主还是受到温氏内在的影响。本词下片的构思、意境，与温庭筠《更漏子》词的下片“梧桐树，三更雨，不道离情正苦。一叶叶，一声声，空阶滴到明”相比，颇有神似之处。

注意人物的造型，是此词的又一特色。《古今词统》卷三引徐士俊语，认为“‘云一緺，玉一梭’，缘饰尤佳”。词人抓住女主人公的发型和服饰特点着力描写，使人眼前为之一亮。“云一緺”的发型，虽然我们现在无法具体想像，但在当时肯定是一种时髦的式样。“澹澹衫儿薄薄罗”的衣着，也能让人想见女主人公天然的风韵和青春的活力。上片的人物肖像描写，对表现人物内心世界有重要作用。环境、人物、外形、心理，和谐统一；轻淡的笔调、明洁的语言，与词人笔下女主人公素淡天然、玲珑剔透的风韵也达成统一。 这词从表面上看是写一个独坐相思的女子，但如果考虑到词牌名以及词的内容，并将它们和李煜的身世结合起来看的话，大约亦可视为追念昭惠周后的悼亡之作。

捣练子令

深院静，小庭空，断续寒砧断续风。
无奈夜长人不寐，数声和月到帘栊。

题解

这首小令的主要内容是写秋夜听砧，与词牌名《捣练子令》相一致。内容与词牌一致，这样的词通常被称作本义词。“捣练”，古代妇女将生丝织成的绢用木杵捣软，加工制成熟绢，只有用这种熟绢才能裁制衣服。以“捣砧”或“捣练”为题材的作品，在古代诗歌中十分常见，多用以表达游子思妇的相思之情。这首词的主人公正是因为愁思万千而无法入眠，于是在秋风萧瑟的夜里独坐居处，听取夜风中传来的捣练之声。

《捣练图》局部　唐代·张萱

句解

深院静，小庭空，断续寒砧断续风

这是一个静悄悄、空荡荡的深庭小院，只能听见随着秋风不时传来的捣衣声，时断时续、若有若无。主人公此时此刻，恐怕正独自一人，徘徊于这样幽静寂寥、空荡凄清的环境之中；四周的绝对安静，衬托出主人公心中无尽的寂寥。惟有如此，远处断断续续的捣衣声才会清晰地传入他的耳中。这种以动写静的意境，与南朝梁王籍诗“鸟鸣山更幽”之类一脉相承。但作者借用这种手法，并不单单是为了写景。

写“深院”，暗示主人公是深居简出，绝少与外人打交道。而“小庭”则表明主人公的身份，他的生活并不是十分安逸奢华。这位词中的主人公，应该并不是李煜自己，或者说，只是他拟想中的自己。“寒砧”其实已带有听者的主观色彩，可以想见此人心中有所郁结，或是忧思，或是怀人。表面看来，主人公只不过是听到了几声断续的砧声，但是因为他身处的孤寂凄清的环境，使得他听到这种单调的捣练声生发出了相思别离之情。“断续”在同一个句子中接连出现两次，却不显得重复累赘。因为捣练声是从很远的地方传过来的，加上秋风时强时弱，时有时无，因此主人公听到的也是断断续续的声音。“断续寒砧断续风”，将风与寒砧两者之间的关联交代清楚；而且两个“断续”连用，起到一种回环往复的效果，从音律的角度来说也十分动听。

无奈夜长人不寐，数声和月到帘栊

季节已经到了深秋，夜晚也一天一天地变得更加漫长。这样的长夜，教孤寂的人如何安然入睡呢？他只有默默地数着远处不时传来的捣衣的声响，呆呆地望着如水的月光一点儿一点儿地爬上帘栊。到这里，词人的笔锋陡然一转，由环境描写转向对人物的刻画。夜那么深了，砧声却仍旧在断断续续地响着，搅乱了主人公的万千思绪。清秋的月光，伴随着捣练的声响，这两种都具有“凄清”气质的物象，交织着触动主人公的思绪。声音和视觉交互渲染，声色交融，加倍地衬托出主人公的孤独与伤感。“无奈”一词，透露出主人公此时的心境，是纷乱不安，也是惆怅满怀。如同“无奈朝来寒雨晚来风”一样的忧愁情怀萦绕于心头，令人夜不能寐。所谓“长夜”、所谓“砧声”，其实都不过是为失眠而找的借口。真正的原因，自然还是在于“不寐者”内心的躁动。

评 解

俞陛云《南唐二主词辑述评》评这首词说：“通首赋捣练，而独夜怀人情味，摇漾于寒砧断续之中，可谓极此题能事。”这首词吟咏词调名的本义，通过写捣衣声来刻画“不寐者”心中的惆怅不安，可以说将《捣练子令》这一词牌的本义发挥得淋漓尽致。词人首先用声响来营造氛围，空旷宁静的深院小庭中，断断续续传来远处的风声、捣衣声。接下来写“不寐者”的心理，长夜难耐，寒砧不断，越发令人难以入眠。结句清冷的月光穿透帘栊，也点出了“不寐者”望月怀人的幽怨情怀。寒风阵阵、砧声断续、月照帘栊，伴着那些无奈的思绪，一层一层地向这位“不寐者”逼近，他的离愁别恨也随之逐渐弥漫和展开。这样匠心独运的构思，可称得上“自然高妙”。李煜作词构思缜密、安排恰当，十分讲究遣词造句、结构布局，但读来又使人觉得自然流转、不事雕琢、意挚情深。这种洗尽铅华的朴实之美，大概只有如李后主这般的词中圣手方可做到。

古代妇女常常在秋季便开始裁制冬衣，以便寄赠远人。而制衣过程中，砧上捣衣这一环节往往最是单调，同时也最具象征意义。这种重复单调的捣练声被一代又一代诗人词人纳入作品当中，久而久之，遂成为游子思妇相思的一种典型意象。比如南朝梁何逊的《赠族人秣陵兄弟》：“萧索高秋暮，砧杵鸣四邻。”唐李白的《子夜吴歌》：“长安一片月，万户捣衣声。秋风吹不尽，总是玉关情。何日平胡虏，良人罢远征。”当然还有杜甫的《秋兴八首》之一“寒衣处处催刀尺，白帝城高急暮砧”，以及《暮归》“客子入门月皎皎，谁家捣练风凄凄”，等等。李煜这首词由“闻砧”起兴，引出“夜长人不寐”的情思，完美地诠释了词调《捣练子令》的本义。假如说词中那位夜长不寐的主人公即是李煜拟想中的自己，那么他所思念的那个人，应该就是已逝的大周后。

《休园图》局部　清代·王云

蝶恋花

遥夜亭皋闲信步。

乍过清明，早觉伤春暮。

数点雨声风约住，朦胧淡月云来去。

桃李依依春暗度。

谁在秋千，笑里低低语？

一片芳心千万绪，人间没个安排处。

题解

这首词见于《花庵词选》《类编草堂诗余》《词的》《古今诗余醉》等选本，其调名之下均题“暮春”。此词一说为李冠所作，见杨绘《时贤本事曲子集》；一说为欧阳修作，见《欧阳文忠公近体乐府》。而比较权威的《尊前集》《花草粹编》《全唐诗》《历代诗余》等均认为系李后主所作，今从之。本篇触景生情，由清明前后所闻所见，引发怀人情思。

句解

遥夜亭皋闲信步。乍过清明，早觉伤春暮

起句“遥夜亭皋闲信步”如一把钥匙，开启了全词的题旨。“遥夜”即长夜，交代主人公闲来信步的时间，长夜漫漫，纵然不是深夜，但也绝不是暮色初上之时了。所行之地是“亭皋”，即城郊有宅舍亭台的地方。词人在“信步”前用的是一个“闲”字，我们仿佛看见主人公独自一人，在城郊荒芜的亭台之间“施施而行，慢慢而游”，随意举步。“乍过清明”，说明清明刚过，而主人公却早早开始“伤春暮”了。看来他的伤感并非完全由于春光迅速老去，或许他是在感叹年华易逝，生命短暂吧。由此也可想见“闲信步”中所含的排遣内心抑郁的用意。

数点雨声风约住，朦胧淡月云来去

与前面几句相比，这两句词中抑郁“伤春”的情愫似乎变得稍微轻了一些。“数点雨声”，比前人写过的“有时两点三点雨”，还有后来辛弃疾夜行黄沙道中的“两三点雨山前”，都稍大一些。尤为可喜的是下面用“风约住”三字接住：“数点雨”而有声，这雨似乎还不小；只是突然一阵略带寒意的春风吹过，倏忽间，雨便止住了。这时，只见月色朦胧，浮云在夜色中自由流淌。这两句写景的妙处，在于它表达了“信步”之人方才因“春暮”引发的感伤，至此得到缓解，他突然体会到一阵舒畅，这种心情的转变写来极其自然。

桃李依依春暗度，谁在秋千，笑里低低语

虽说这时已经过了桃李盛开的季节，但桃李的余香依旧。主

人公此时已经被微雨清风、淡月流云和依稀可以闻到的桃李花香所感染，他沉浸在大自然的宁静当中，那“伤春暮”的情怀暂时退却了。“谁在秋千，笑里轻轻语”是一个大转折。主人公“伤春暮”的心情已经因春宵美景而得到缓解，他走着走着，突然感觉到不远处似乎有女孩儿们正在打着秋千，嬉戏玩耍。她们笑语欢声是那么轻，就像是莺吟燕语。她们谈着什么悄悄话儿呢？这些他当然听不到，但他能真切地感受到女孩儿们的愉悦，这种美妙的情绪也正向他的内心缓缓流淌。

一片芳心千万绪，人间没个安排处

从紧接着的这两句读者才明白，原来由此及彼，秋千架那里发生的事引起了他的万缕相思。大概也是在这样一个“朦胧淡月云来去”的美好春夜里，他欣赏所爱的人荡秋千，“飘扬血色裙拖地，断送玉容人上天”。红裙拖地，玉容上天，上飘下荡，动作轻盈，既见出伊人技艺之高超，更见出她神采之飞扬。这一幕动人心弦的秋千往事当然已经烟消云散，但是如今触景感怀，相思之情又自然流露，这相思之情万缕千丝，不但理不出个头绪来，而且在人世间几乎都安排不下它。怀人主题至此水到渠成，相思之情如水银泻地，充满人间。

评 解

从表面上看，这只是一首写暮春夜晚漫步的小词，但词人手法

《调琴啜茗图》局部　唐代·周昉

高明，生动地表达了词中主人公抑扬起伏的感情。从前三句的抑转为后三句的扬，微雨清风、淡月流云、桃李芳菲都用来烘托主人公的情思。在情景无限交融中，展示了主人公情绪的变化。写到听闻秋千声里的轻声笑语，词境再一转，拓出画面之外的新场景，从而引出翻江倒海的相思来。至此我们才恍然大悟，他为什么“乍过清明”就“早觉伤春暮”了，原来是有这样一段隐情在内。能如此不动声色地写出人心中抑扬起伏的感情来，确属不易。表面上看来，这些直抒胸臆的词句好像都是平铺直叙，但由于景色映衬得当，遂有深婉流美之致。

作者将深刻的生命忧患与苦闷的情感交织，此词一个突出的特点是用反衬法。荡秋千者的欢声笑语、无忧无虑，反衬主人公的相思之苦、伤春情绪。“数点雨声”两句写景极见功力，正如俞陛云所说：“上半首工于写景，风收残雨，以‘约住’二字状之，殊妙。雨后残云，惟映以淡月，始见其长空来往，写风景宛然。”（《南唐二主词辑述评》）雨过天晴、淡月升空，本是平常之景，经李煜妙笔点染，看来便如诗如画。“约住”二字新奇，不说雨停了，而说是风将雨“约住”，意味深远，颇见炉锤之妙。人们本来就觉得春光流逝得太快，而雨摧百花，则春光更显短促。春风吹散雨意，仿佛是在邀约细雨停歇，有意要延长春光的美丽。这就写出了春风的多情和善解人意。雨过天晴，明月初升，浮云在空中来回流动，时而遮住月光，时而又放出月色，这种自由飘逸的景色，让主人公寂寞沉重的心情松弛了下来。“朦胧淡月云来去”一句，将云与月的流动变化描绘得十分柔美、贴切。北宋张先的名句“云破月来花弄影”，似乎可从此句找到源头。

《仕女图》 近代·俞明

阮郎归

东风吹水日衔山，春来长是闲。
落花狼藉酒阑珊，笙歌醉梦间。

佩声悄，晚妆残，凭谁整翠鬟？
留连光景惜朱颜，黄昏独倚阑。

题解

《阮郎归》又名《醉桃源》《碧桃春》。此词又见于冯延巳《阳春集》、欧阳修《欧阳文忠公近体乐府》、晏殊《兰畹集》。五代、北宋时期，像这种一首词作被分别归入不同词人名下的混乱情况并不罕见。据晨风阁本《南唐二主词》注："呈郑王十二弟。"郑王即李从善，是南唐中主李璟的第七子，家族中排行第十二，故称十二弟。明胡震亨《唐音癸签》卷十三《唐曲》列有

《捣练子》《阮郎归》《卖花声》《蝶恋花》，下注“四曲见李后主词”，认为这首词是后主所作；《全唐诗》也列为李后主词。今从之。按上述说法，本篇写的是对被拘北国的七弟李从善的怀念之情。但由词的内容来看，理解为一首闺怨词也是可以的。

句解

东风吹水日衔山，春来长是闲

春风吹动着水面，夕阳半落入山间，春日生涯总是这样地清闲。此词写闲中的闲散寂寞，意境清丽淡雅。开篇“东风”一句境界开阔，好似一幅夕阳衔山图：辽阔的湖面上东风吹拂，微波荡漾，一轮红日从湖畔远山上冉冉落下。“日衔山”像是一个特写镜头，捕捉住了斜阳渐渐降落山头时的辉煌壮观气象。“春”字点明季节，也暗示伤春的心理。“长是闲”，既是主人公的生活状态，也是一种心理状态。闲而无事，则容易引发寂寞伤感的情绪。

落花狼藉酒阑珊，笙歌醉梦间

眼前一片落花狼藉，酒意也接近阑珊，词中主人公整日只是沉醉于笙歌醉梦之间。“落花”句由远景转入近景，“落花狼藉”令人想到庭院内落花凌乱的景象，同时也可以体会到，这一句也是在暗示春光流逝的迅急和环境的冷清无人。“落花”是主人公所见，“酒阑珊”则是主人公所感。酒兴已尽，醉意渐来，不由回想起往事。“笙歌醉梦间”可以有两种理解，一种理解为：过去成天笙歌相伴，快乐逍遥，而今欢乐不再，只有在醉梦之中还残留着一丝记忆；另一种理解为：主人公意绪全无，内心苦闷难排，惟有沉醉于笙歌醉梦之间。

佩声悄，晚妆残，凭谁整翠鬟

环佩声渐渐消失，意味着某人已远去；而主人公晚妆散乱，有谁来帮助重新梳妆、整理翠鬟呢？这一句写出主人公黯然伤神、坐卧不安、无以为寄的心情，可见其心情是多么颓丧。词从上阕对周边环境的描写转到了眼下，佩声消失，晚妆残乱，生动地描摹出闺中人黯然伤神、无心理妆的慵倦模样。“凭谁整翠鬟”其实透露出一种自暴自弃之意，意谓既然只剩独自一人，索性懒得对镜梳妆了。借用闺中人的心理来表达对远行者的思念之情，本就是中国古典诗词中常用的手法。

留连光景惜朱颜，黄昏独倚阑

还是好好珍惜这不多的春光吧，爱护好自己的青春容颜；然而这种宽慰的话改变不了这样一个事实，黄昏时分仍然只剩自己一个人依偎着栏杆，独自面对这暮春时节的黄昏。“朱颜”，指红润美好的容颜，这样的容颜只有年轻的时候才会拥有；这里特地指出要“惜朱颜”，要表达的自然是珍惜宝贵时光、“盛年不重来”的意思。结尾语句带有自我劝慰的意思，却难以掩饰主人公心中的沉痛，这种话与其说是在自我劝慰，毋宁说更多的是在表达无可奈何之情，要“留连光景”、要“惜朱颜”，醉生梦死到头来终究是空欢喜一场，留给自己的仍旧是无尽的痛苦，还不如好好珍惜眼前的时光；“黄昏独倚阑”，虽然是孤寂一人，但是栏杆之外的风光还是无限美好的，乘着春未尽、人未老，且尽情地欣赏吧。

《罗浮梦景图》局部　清代·费丹旭

评解

这首词被认为是李煜写给他的弟弟李从善的。近代人俞陛云说：“词为十二弟郑王作。开宝四年，令郑王从善入朝，太祖拘留之。后主疏请放归，不允。每凭高北望，泣下沾襟。此词春暮怀人，倚阑极目，黯然有鸰原之思。煜虽孱主，亦性情中人也。”将这个背景交代得比较清楚。

词中流露出一种美人迟暮、无如其何的哀伤。“东风吹水”描摹的是一种物象，但也从侧面透露出了春天的到来在主人公的心中激起的波澜。“一年之计在于春”，春天里人们总该有所作为，然而词人却说“春来长是闲”，且这种“闲”并非自己主动追求的，而是被迫接受的，更易使人产生“身闲心不闲”的烦忧。明卓人月编《古今词统》卷六引徐士俊语：“后主归宋后，词常用‘闲’字，总之闲不过耳，可怜。”本篇虽写在归宋之前，但当时南唐面临强敌压境的危急局势，情形也好不到哪儿去。“春来长是闲”一句透露出了词人无尽的苦闷。这是一种无以为寄的情怀。

春天就这样在碌碌无为中悄然流逝，而自己却日日沉浸于笙歌醉梦中聊以度日。词人的哀愁在“落花狼藉酒阑珊，笙歌醉梦间”这一句中达到了极点。接下来，他模拟无心理妆的闺中人，给自己提出一番委婉含蓄的劝告，但光景难留，朱颜易老，主人公所能做的，也不过是黄昏倚阑，目断斜阳，仍然无法断绝那种无可奈何的怀念和忧伤。李后主是深情之人，这首词写得委婉曲折，透露出深切的关爱、宽慰之情。

《仿古山水十二开》 清代·杨晋

清平乐

别来春半，触目柔肠断。
砌下落梅如雪乱，拂了一身还满。

雁来音信无凭，路遥归梦难成。
离恨恰如春草，更行更远还生。

题解

这首词写离情别恨，天然浑成，是李煜的代表作之一，也是抒发离愁别恨的名篇。后人多认为这首词是后主怀念其弟李从善入宋不归而作。

句解

别来春半，触目柔肠断

词的起首点题，“别来春半”，点明离别之事与离别之时。自离别以来，春光已经逝去大半，触目所及的景物，无不令人柔肠寸断。接下来词人便开始抒发别离之情。眼前的大好春光，只会触动人的情思，勾起对往事的无限回忆；回想过往的美好时光，对比如今的情状，难免会有物是人非之感，这怎能不叫人柔肠寸断呢？这一句是主人公浓厚的思念之情的宣泄，奠定了整首词哀婉凄恻的基调。

砌下落梅如雪乱，拂了一身还满

主人公独自一人，站在小庭深院的台阶上，身旁的白梅已经纷纷飘落，散乱的花瓣飘坠如雪。黯然伤神之间，花瓣竟坠满了衣襟，主人公将其拂去，可不多一会儿，纷纷扬扬的落花又将衣襟沾满。落花拂之不去，正如同主人公心中的离愁挥之不去一样。这两句仿佛一个细节逼真的慢镜头，在无声无息之间，主人公忧愁纷乱的心境已经一点点地呈现于读者的眼前。此句写离愁不断，在情感上像极了《楚辞 · 九歌 · 湘夫人》开篇所说：“帝子降兮北渚，目眇眇兮愁予。袅袅兮秋风，洞庭波兮木叶下。”

雁来音信无凭，路遥归梦难成

鸿雁归来，离去的人儿依旧杳无音信；彼此各在天一涯，千山万水的距离过于遥远，使得离人即便想在梦境中归来重逢一次，都是那样的困难。这一句也暗指词人的美梦难以成真。“音信无凭”写主人公翘首盼望，却苦无所得；“归梦难成”写主人公心中极其渴求，亦难以成行。这两句将主人公的愁思逐步加以深化，颇为真切；“路遥归梦难成”尤为妙笔，梦本来就是虚无飘渺之物，梦中何来“路遥”？而词人偏反其意说之，将“归梦难成”的原因归结为“路遥”。梦中尚且如此，则现实中相逢的希望该是如何渺茫，这不难想像。从中可以见出词人对现实的绝望，以及他内心深处无限的悲凉。

离恨恰如春草，更行更远还生

心中的离愁别恨，就像是漫无边际的春草，人越是向远处行走，越觉得这遍野的春草生长茂密，难以穷尽，难以穿越。结句将“离恨”比喻成“春草”，堪称绝妙。离恨盘曲郁结，恰如春草的细碎茂密；离恨绵密无边，又如春草的广袤无垠。上阕将驱不散、挥不去的离愁比喻成拂去还满的落梅，与结尾处这个“春草”之喻有异曲同工之妙。自古以来，春草的形象便被众多的文人骚客们用来寄予离情别恨。早在汉末《古诗十九首》中就有“青青河畔草，绵绵思远道”；又如《楚辞》中淮南小山的《招隐士》：“王孙游兮不归，春草生兮萋萋。”王维的《山中送别》又化用和发展了《招隐士》：“春草明年绿，王孙归不归？”

到了李煜这里，更进了一层。前人还只是单纯地借用“春草”这个意象，而李煜则将“春草”不断生长、广袤无迹的特性提炼出来，用以指代离愁绵绵不断，使得抒情对象更加具体，从而在表达效果上立刻鲜活了起来。李煜的这种表现手法，后来不断地被词人

《晴峦萧寺图》局部　宋代·李成

们借用，像北宋秦观的《八六子》“倚危亭，恨如芳草，萋萋刬尽还生”，即从李煜此句脱胎而来，欧阳修的《踏莎行》结句“离愁渐远渐无穷，迢迢不断如春水”，亦可追溯到李煜的这一句。

评 解

这首《清平乐》专写离情，想像丰富、新奇，妙语迭出，而且语言流畅自然，毫无斧凿之痕。近人唐圭璋评论说：“此首即景生情，妙在无一字一句之雕琢，纯是自然流露，丰神秀绝。”（《唐宋词简释》）此篇确为佳作。首句写“别来春半”，总摄全篇，点明时节，接下来便因景观情，由“触目”引出眼前的实景。“砌下”这两句，以眼前的景物为喻，形象地描绘出主人公矛盾惆怅的内心世界，富有艺术想像力，远比直接抒发感慨来得更形象动人。近人俞平伯把这两句“戏谓之摄影法”（《读词偶得》）。下片词牌的韵脚由仄声转为平声，主人公的情绪显得更为沉痛悲哀。词人写“鸿雁”、写“归梦”，都是对心中的无限思念的一种寄托。词的结尾，感情导向更深更远处，词境至此，可谓回环婉转，一波三折。无边的离情，正像是渐行渐远、绵绵无尽的春草一般，向天涯蔓延。以纷纷的落梅和萋萋的芳草，将挥之不去、永无尽期的离恨生动地表现出来。词调与情调如此吻合，真达到了词的极致，正如俞平伯所说：“‘更行更远还生’，以短语一波三折，句法之变换，直与春水春草之姿态韵味融成一片，外体物情，内抒心象，岂独妙肖，谓之入神可也。”（《读词偶得》）

《仿古山水十二开》 清代·杨晋

采桑子

辘轳金井梧桐晚，几树惊秋。
昼雨新愁，百尺虾须在玉钩。

琼窗春断双蛾皱，回首边头。
欲寄鳞游，九曲寒波不泝流。

题解

《采桑子》为唐教坊大曲，首见于《全唐诗》。宋泽元校本《草堂诗余》、玄览斋本《花间集》作《丑奴儿令》，《类编草堂诗余》注“一名《罗敷令》”，《全五代诗》题作《罗敷艳歌》。《花草粹编》于此调下题有“秋怨”两字。此词一说为牛希济作，见《词林万选》卷四；《古今词统》注云“一刻晏小山”，但是今传本晏几道《小山词》未载此词。侯文灿本《南唐二主词》将此词与《虞美人》并列，注其后云："以上二词墨迹在王季宫判院家。"则此词当为李煜所作。这是一首述离情的词，与《阮郎归》一样，也被认为是怀念入宋不归的郑王李从善之作；由词的内容来看，同样也可以理解为一首闺怨词。

句解

辘轳金井梧桐晚，几树惊秋

辘轳、金井、梧桐，这三种事物构成了一幅晚秋图景。"辘轳"为井上汲水的工具，而"梧桐"在古人心目中，往往与"金井"相生相伴。这一幅肃静的画面，表现了主人公心中难以名状的秋思。词中的主人公是一位女子。接下来一句"几树惊秋"，则是给这幅萧飒的晚秋图加上一点动感效果，实际上也是对主人公愁思的深化。一个"惊"字，打破了金井旁的寂静。"惊"是沙沙的落叶，是雨打梧桐，或者两者兼而有之。起首两句，总共只用了一个动词，便是这个"惊"字。受此一"惊"，主人公心中的愁思便悄然而起。

昼雨新愁，百尺虾须在玉钩

接踵而来的是闺中人无尽的愁情离思。这无尽的愁思与连绵的秋雨交织在一起，教人如何排遣？她独坐于深闺，窗外的秋声将她一点儿一点儿地吞噬。她索性将帘卷起，凝神望向远处，辘轳、金井、梧桐在秋雨的笼罩下，时隐时现。"虾须"是帘的代称，因帘子的形状颇似虾的须，古人便常常用虾须来指代帘。

琼窗春断双蛾皱，回首边头

“琼窗”，精美的窗子；“春断”，意谓明媚的春光与主人公就这样被生生地割断开来。词的开篇已经把季节背景交代得很清楚，这是令人忧郁的深秋时节；此时回望春天，它对于主人公来说，是那么遥不可及。曾经美好的生活亦如这无情的季节一般，一去不复返。想到这些，主人公不禁微微皱敛起了双眉。“回首边头”是进一步表明心迹，“边头”指遥远的地方，有的版本也作“边关”，前人多由此判断这首词是为了怀念北去的郑王从善而作。从这个角度理解，这首词便不再是一首单纯的抒发思妇情怀的词，而有了另外的寄托。

欲寄鳞游，九曲寒波不泝流

“鳞游”，古人有鲤鱼寄书的传说，“鳞游”在这里指代书信。“九曲”当指黄河。彼此如今是天各一方，无缘相见，惟有将一份思念寄托于书信之中，希望能以此聊解愁情离思。笔端至此，主人公似乎稍稍得到些宽慰，可是随即陷入更加深沉的苦闷之中：九曲黄河，滔滔寒波，送信的鱼儿如何能够逆流而上？主人公的愁思最终被这滔滔的黄河之水淹没，最后一丝希望也破灭。

评解

这首词从户外之景入手，展开一幅晚秋图。接下来由树入秋而心“惊”，到昼雨含“愁”，将主人公的愁思情怀寄于秋天风物之间。她见秋风吹落树叶而心惊，见秋雨而生绵绵不断的新愁。窗帘就像是一个媒介，将户外景与室内人联结在一起，也将连绵的秋雨与孤独的心灵联结在一起。主人公的心浸透于秋水中，她的忧愁也随之分不清、化不开。过片“春断”之“春”，并不是实指季节，而只是一种象征，寓指美好的事物或理想的失落。闺中思妇独守琼窗，青春白白地在寂寞的守望中流逝，看不到希望，也找不到生命的满足。她眉头紧皱，是失望的表现，更是心酸的流露。回想边塞征人，连年在外，已久无音讯，于是闺中思妇想寄书问讯。可是山重水隔，音讯难通，她只能在孤独和寂寞中守望、等待。李后主对其弟从善的感情，正像是思妇对于长年在外的征人一般。情深如此，无怪乎明人李攀龙评价这首词说：“观其愁情欲寄处，自是一字一泪。”（引自《南唐二主词汇笺》）

虞美人

风回小院庭芜绿，柳眼春相续。
凭栏半日独无言，依旧竹声新月似当年。

笙歌未散尊罍在，池面冰初解。
烛明香暗画楼深，满鬓清霜残雪思难任。

题解

这首词以描摹景物为主，写景中之情。明人沈际飞在《草堂诗余续集》卷下评语中说："此亦在汴京忆旧乎？华疏采会，哀音断绝。"这首词似当作于南唐亡国之后。作为亡国之君，李煜失去的不仅是故国江山，他连自由、尊严也一并失去了，内心自然只剩无尽的空虚和灰暗。

《仿古山水十二开》 清代·杨晋

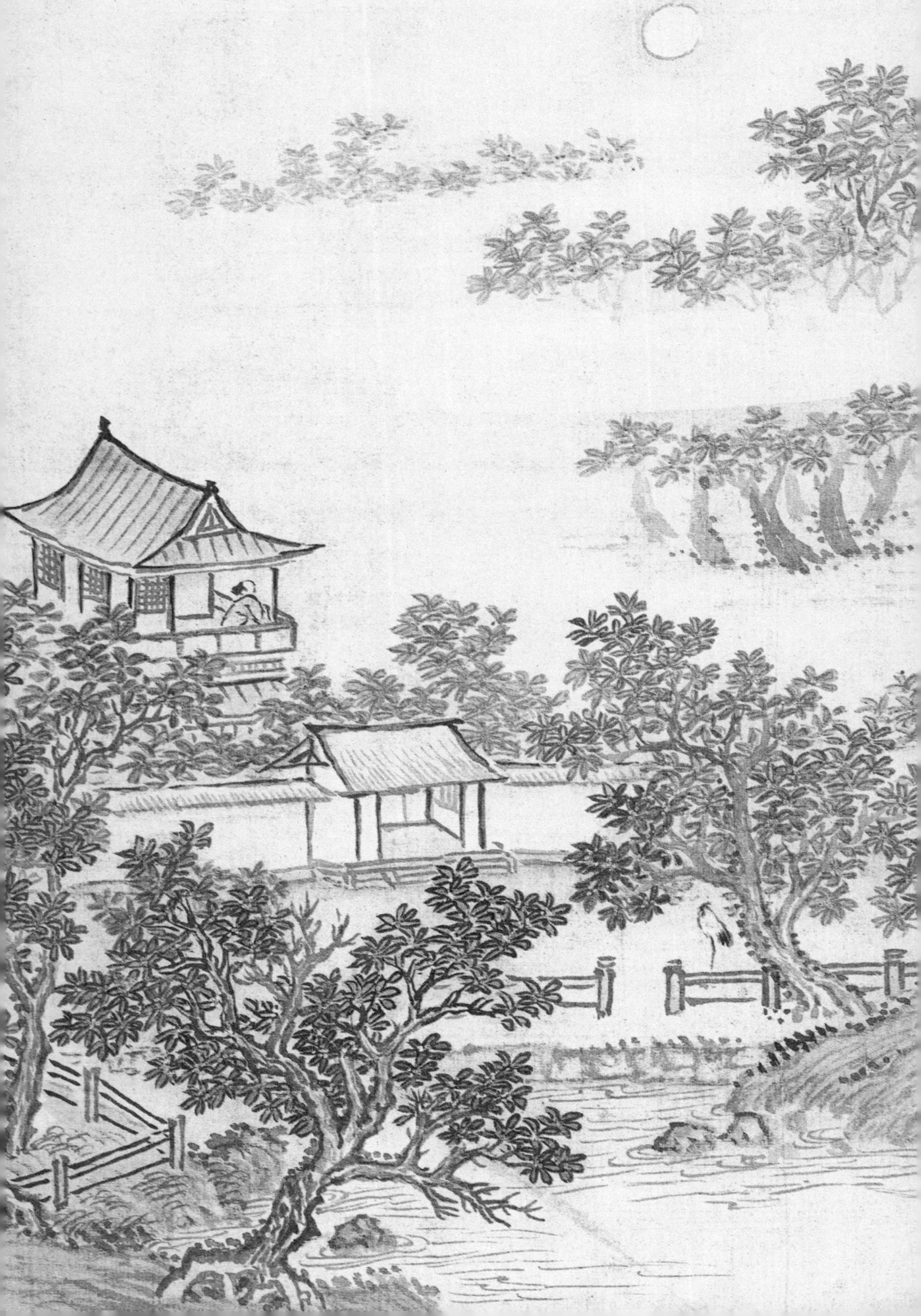

句解

风回小院庭芜绿，柳眼春相续

春回大地，庭院的小草开始苏醒，伸展它嫩绿的身姿；柳芽儿也不甘示弱，抽出新芽，似乎在与小草一唱一和。“相续”二字，仿佛是说春光就从眼前向远处连绵不断地伸展开去。春日的明媚与生命的气息，在庭院中轻轻荡漾着。这是一幅洋溢着生机与希望的春景图。

凭栏半日独无言，依旧竹声新月似当年

春光美好，可是面对这美景，主人公又坠入无限的回想之中。“竹声”依稀可闻，“新月”依稀可见，难道又回到了当年？可如今的他分明只是一个囚犯而已，日日除了倚着栏杆，独守囚室，他还能做什么呢？欢声笑语不再属于他，流年美景亦不再属于他，只剩下旧时的月色与曾经的箫声，留给他依稀回忆。回首往事只会增添无尽哀愁，回忆愈是美好，相形之下现实便愈显得残酷；面对这样的景色，叫他如何来排遣余下的时光呢？亡国前后对比，景物依然，物是人非，形成鲜明的对照。

笙歌未散尊罍在，池面冰初解

缠绵的笙歌似乎仍在耳边萦绕，佳肴美酒分明还摆在眼前，恍惚中，一切又像是回到了从前一般。“尊罍”，酒壶和酒杯，代指美酒佳肴；罍是古代一种酒器，形状像壶。然而词人自己也清楚，这不过是幻象。这样一个初春的夜晚，坚冰始泮，春意未浓。

烛明香暗画楼深，满鬓清霜残雪思难任

红烛明灭，檀香弥漫，画楼深处似乎有往事若隐若现。原来刚才的笙歌、尊罍，不过是一场梦而已。主人公望着镜子中自己如清霜残雪般的鬓发、憔悴不堪的面容，不禁陷入了深深的哀思。词的结尾陡然将画面转到现实中来，曾经的笙歌醉梦，早已灰飞烟灭。虚实之景，眼下心前，两相对照，愁思苦情自然款款流出。

评解

这首《虞美人》，词意比较朦胧隐晦，与李煜亡国之后多数作品直抒胸臆的风格有所不同。开篇写“凭栏”所见初春景色：小院里春风回荡，地上小草泛着绿色，柳叶也冒出新芽，柳枝随风招展——这一切都使主人公感到，春天又来了。然而盎然的春意并不能驱散他心头的愁云，正如古人所说，用乐景反衬哀情，倍增其哀。主人公独自凭栏“半日”而“无言”，可见其心情的沉重。我们仿佛看到，一位面容憔悴的中年男子，临风独立，默默无语，脸上的神情痛苦不堪。

到了晚上，新月初升，小院里风吹翠竹，声声入耳。主人公依然独立栏边，回想着往事。这耳畔竹声，眼前新月，与当年南唐宫廷里的景象何其相似。神思恍惚之中，他的思绪回到了当年，眼前又浮现出往日欢乐的场面：池塘里春风荡漾，薄冰初融；池畔嫔妃围坐，酒杯交错，笙歌齐作；君臣同乐，不知今夕是何夕。“烛明”二句场景陡转，写凭栏后转回室内。画堂里明烛高照，炉香袅袅，场面或许仍不失富丽。但这里寂静无人，没有一丝生气。词人对镜自照，满鬓白发，使他意识到自己年老体衰，生命行将消逝的悲伤不觉袭上心头，莫非此生将老死于此？命运真是捉弄人啊，一国之君变成了俘虏，从天上坠落到人间地狱，这样孤独寂寞、悲伤屈辱的日子何时是个尽头？他的内心翻江倒海，种种愁绪，使他几乎无法控制和承受。

李煜后期的词作，都深深打上了他的生命烙印。这些词已超越了普通词作娱情寄兴的功能，而变成一种抒发自我人生感受的特殊形态的抒情诗。这首词的结构分三层，开篇三句为一层，写眼前景；中间三句回忆往事，其中“依旧”一句折合今昔，自然过渡到对往事的回忆；结尾二句又回到眼前。这一结构与词人心绪的变化正相吻合。俞陛云在《南唐二主词辑述评》中评论“依旧竹声新月似当年”“满鬓清霜残雪思难任”两句说：“此词上下段结句，情文悱恻，凄韵欲流，如方干诗之佳句乘风欲去也。”

《秋亭嘉树图》局部　元代·倪瓒

乌夜啼

昨夜风兼雨，帘帏飒飒秋声。
烛残漏滴频欹枕，起坐不能平。

世事漫随流水，算来一梦浮生。
醉乡路稳宜频到，此外不堪行。

题解

如后主许多写愁寄恨的词作一样，这也是一首回忆往事、抒写情愁的作品。从词中所描绘的场景来看，大概是降宋之后作为俘虏被幽禁于汴京时所作。

句解

昨夜风兼雨，帘帏飒飒秋声

昨夜风雨交加，竹帘帷幕外到处是飒飒的秋风。亡国之君心中郁结的是无尽的隐痛，每逢秋风秋雨的时节，心中自然更加凄凉。开篇写景，风雨如晦，秋风萧瑟；“昨夜”点出时间，表明这是作者回忆昨夜的情形。

烛残漏滴频欹枕，起坐不能平

直到烛火残灭、更漏断绝的深夜，他仍是辗转难眠，频频斜靠在枕头上；无论坐起还是躺下，心境都无法平静下来。词人叙述自己一夜辗转反侧、难以入眠的情状。烛火已残灭，更漏也已滴断，表明夜已深，时间已过去很久，但是，他的心情却无法随着时间的流逝而平静下来。莫非是这风雨如晦的漫漫长夜，令他如此心绪不宁，不由得起坐频频？

世事漫随流水，算来一梦浮生

在这样一个秋风萧瑟的深夜里，词人辗转难眠，回想自己这一生，身世悲辛之感来得分外浓烈。浮生若梦是古人常常提起的，如今在词人李后主的身上却真真切切地得到了验证。他不禁道出心中的郁结，原来这世事果然如水，浮生真的若梦。这一句抒发心曲，直白无隐，宛如一声长啸，又像是高唱出来的咏叹调。似乎唯有这样，才能暂时释放他心中的苦闷。“世事”或是指莺歌燕舞，或是指家破国亡，抑或两者皆是。总之，往昔的一切都随流水一去不再复返，而今算来，今生竟有如虚梦一场。

醉乡路稳宜频到，此外不堪行

这世上，也只有醉乡的路才是平稳的，应当多去走一走；除此之外，再也没有什么值得走的路了。言外之意，除了借酒浇愁，在醉梦中讨生活，词人对人生已不抱任何希望和幻想。由此可以感受到他心中的苦闷。可是“醉乡路”又在哪儿，真有所谓的“醉乡路”吗？话说到这个地步，可知李煜的情绪真是悲观到了极点。他甚至觉得，在这个人世间竟然已没有一条可以供他安稳行走的道路，他只有一次又一次地向醉梦中去寻求，似乎唯有这种方式才可以给他带来仅有的一点点安慰。

评 解

这首词表现的是李后主对人生的感悟，情境和谐，细节传神。上片以倒叙的方式开篇，写“昨夜”风雨交加，风声、雨声等“秋声”阵阵，传入帘内，构成一种凄凉的氛围。“烛残”二句由室外景转入帘内景。室内残烛摇曳，光影昏暗，说明已是夜尽更阑时分；主人公还在枕上翻来覆去，表明他彻夜未眠。失眠人情绪本来就烦躁，而窗外的秋风秋雨，仿佛点点滴滴都敲击在失眠人的心上，更增其苦楚。“‘起坐不能平’句，写尽抑郁塞胸，辗转无眠之苦”（唐圭璋《唐宋词简释》）。心头的烦闷无法开解，“起”来挥之不去，“坐”下也无法平静。“起坐”一句包含两个细节动作，传神地写出失眠人久久无法平静的心境。

下片转入沉思。回想人生世事，往日的南唐王国早已土崩瓦解，曾经拥有的一切辉煌、幸福都已灰飞烟灭。这人生世事，有如流水不返，好似梦境虚无。所谓“一梦浮生”，就是后来苏轼词中所说的“人生如梦”。梦的特点有三，一是短暂，二是易变，三是不可把握，“一梦浮生”则将这三个特点转到对人生命运的认识上去，李煜意识到，人生同样具有短暂性、易变性和不可把握性这几个特点。近人唐圭璋在《唐宋词简释》评论说：“后主词气象开朗，堂庑广大，悲天悯人之怀，随处流露。”因为自己的特殊身世，李煜对人生命运的悲剧性和悲剧的不可避免性有深刻的体验，他对未来早已失去信心，在现实中又找不到解脱、超越痛苦之路，只好遁入醉乡，以求得暂时的麻醉和忘怀。意识到人生的悲剧性，却无法加以任何改变，这可说是李煜的又一大人生悲剧。

破阵子

四十年来家国，三千里地山河。
凤阁龙楼连霄汉，玉树琼枝作烟萝。
几曾识干戈？

一旦归为臣虏，沈腰潘鬓消磨。
最是仓皇辞庙日，教坊犹奏别离歌。
垂泪对宫娥。

题解

这首词作于亡国之后。李煜自从降宋为虏，便失去人身自由，过着被幽禁的屈辱生活。曾经贵为一国之君的李后主，难以面对这种严酷的现实，却又回天无力，身体日渐消瘦，鬓发日益斑白。他经常沉浸于对故国的怀想中，这种对往日山河家国、笙歌华殿念念不忘的深痛情感，终于使他招致最后的杀身之祸。这首词以回忆往

《韩熙载夜宴图》局部　五代·顾闳中

事为主，词的重心则落在回忆当时被俘的情形上，表现了李后主作为一个亡国之君所面对的屈辱和苦痛。整首词直抒胸臆，一气呵成，是词人感情最真切的流露。

句解

四十年来家国，三千里地山河

花了近四十年的时间建立起来的南唐，曾经拥有三千里的广阔疆土。开篇两句，先从南唐的历史与疆域着笔，写得气势沉雄，与下文相对照，更见出情辞悲壮，隐隐透出李后主对于先祖和人民的悔恨之情。南唐自先主李昪建国（937）至后主李煜亡国（975），一共存在了三十九年，最强盛时，其所辖疆域达到三十五州，号称方圆三千里。李煜生于南唐烈祖李昪升元元年，也就是南唐建国那一年；到南唐亡国之时，他也正值三十九岁。无论对于李煜个人，还是对于南唐这个国度，“四十年来家国”都是实指。

凤阁龙楼连霄汉，玉树琼枝作烟萝。几曾识干戈

雕龙绘凤的楼阁高高耸立，直入云霄，仿佛正连着星汉；繁茂多姿的绿树犹如云雾缭绕，烟聚萝缠。这两句道尽后主昔日帝王生活的繁华奢靡。随后一问，情绪马上跌入谷底：“我又何曾见识过干戈？”言下之意是说自己对于行兵打仗一点儿也不懂。李煜自从当上国君，从未想过要励精图治，备战保国。面对北方赵宋政权强大的武力逼迫，他和他的臣子们只会委曲求和，苟延残喘。这一

段前后对照是如此鲜明，先描述的是江南一片富庶繁华的景象，可是紧跟着的，却是声泪俱下的悲语，读者甚至可以想像李后主在道出“几曾识干戈”这句话时的无奈与哀叹。另一方面，“几曾识干戈”也说明李煜媚宋求和，所以他在位十五年，绝无战事，繁华富庶的江南地区承平日久，人民安居乐业，根本不知道什么是战争。可是战争到底躲不过，战火一烧过来，“凤阁龙楼”“玉树琼枝”都在刹那之间成为记忆。“几曾”二字，下语沉痛。

一旦归为臣虏，沈腰潘鬓消磨

一旦亡国做了臣虏，腰身也消瘦了，鬓发也斑白了。亡国之痛、臣虏之辱折磨着李煜的内心，这一句是他臣虏生活的真实写照。这位感情敏感而又脆弱的昔日国君，在这种含悲饮恨的俘虏生活中，自然只能是身心俱疲，意冷心灰。这两句里用了两个典故，一个是“沈腰”，指腰肢消瘦，出自《梁书·沈约传》，沈约在写给徐勉的信中称自己老病“百日数旬，革带常应移孔，以手握臂，率计月小半分”；另一个是“潘鬓”，出自晋潘岳《秋兴赋》“斑鬓发以承帽兮”，指鬓发斑白、容颜见老。

最是仓皇辞庙日，教坊犹奏别离歌。垂泪对宫娥

回首往事，最不堪忍受的场景，就是在准备出降、匆忙辞别太庙的时候，教坊的乐师们吹奏起别离的歌曲；而李后主不禁流下眼泪，面对那些昔日陪伴他共度欢娱生活的宫娥。教坊的音乐是李煜平日里所钟爱的，然而此时的笙歌已经不能给他带来欢乐，这种情感正像他在《望江南》中所说，“心事莫将和泪说，凤笙休向泪时

吹。肠断更无疑”，只会徒然增加别离的悲哀。

“仓皇辞庙”这个场景对李煜来说是最惨痛的记忆，从此在他的内心深处留下深深的烙印，时时刻刻萦绕在他的脑海，是他挥之不去的阴影。而对这个场景的追忆，也说明李后主深刻地认识到了自己的懦弱无用。他前面所有的叙述，都是为了给这一句作铺垫。直到成为俘虏的那一刻，他才猛然从梦中惊醒。残忍的现实，使得他只能“垂泪对宫娥”。这几句词，生动地刻划出一个懦弱、凄惶、可怜而又可恨的亡国之君的形象。

评 解

此词的上片几乎可看成是历史实录，写得辞意沉雄，气象宏大。结构上前四句极力铺陈故国河山、宫殿楼阁的壮丽辉煌，上片结拍处一句“几曾识干戈”，也是顺着前面豪华安逸的宫廷生活而来，至此峰回路转，承上启下，引出下片屈为臣虏的情景。此处转折之妙，在于自然流走，绝无拗折痕迹。结构的转变，反映出词人命运的剧烈变化，文情可谓相得益彰，或许还验证了一句老话，“国家不幸诗家幸”。

下片写归为臣虏之后的处境。李后主不直说生活的困窘、心情的恶劣，只以外貌的消损变化来表现。据《宋史·南唐世家》记载，李煜被俘入宋后，曾向宋太宗诉说生活贫困，太宗命令增加他的月俸。可见李煜被俘后不仅行动上受监视，精神备受折磨，同时物质生活也不宽裕。发白腰瘦，既是精神的折磨所致，也是物质的

《秋山听瀑图》局部　清代·樊圻

匮乏所致。最后三句，又由眼前折回过去，临别南唐时的情景仍历历在目。仓皇离开金陵时的惨痛情景，总是像虫子一样啮咬着他的心，让他无法忘怀。那是他从天堂掉进地狱的关口。后来苏轼责怪李煜说，他离开金陵时本应该向其国民谢罪，而不应该“垂泪对宫娥”。但是对宫娥垂泪，既是李煜当时真情实事的写照，也正符合他懦弱、苟安的性格。

全词明白如话，而感情却深曲郁结。李煜词之所以有语浅情深的艺术效果，主要在于他能直率地披露亲身感受。落到归为臣虏的下场，他实已无路可退，因而也就不必再退，反而可以通过填词直抒胸臆。读李煜的词，往往能感受到一种开诚相见的情愫与毫不掩饰、绝无拘束的勇气。

近人唐圭璋在《唐宋词简释》中评价这首词说：“今昔对照，警动异常。”这首词对比手法的运用效果十分明显。上片极言太平景象，家国统一、山河广阔、宫阙巍峨、花草艳美，反衬出词人被俘后的凄凉悲苦，从而揭示了他绵绵不尽的哀愁的源头。这种手法也被广泛地运用在李煜后期的词作当中，可以看出他那强烈的今昔之感。

李煜亡国之后所写的词作，贵在直抒胸臆，率真诚挚，很少采用比兴之类隐晦婉曲的表达方式。吴梅《词学通论》便指出了他这一特点：“二主词，中主哀而不伤，后主则近于伤矣。然其用赋体不用比兴，后人亦无能学者也。”吴梅将后主词这种“直抒胸臆”的手法称为“赋体”。李煜晚期词直抒胸臆的背后，蕴涵着一种触动人心的强烈的震撼力。这首《破阵子》即是纯用“赋体”的典范。

《西湖全景图》局部　清代·周尚文

望江梅

其一

闲梦远，南国正芳春。
船上管弦江面渌，满城飞絮辊轻尘。
忙杀看花人。

其二

闲梦远，南国正清秋。
千里江山寒色远，芦花深处泊孤舟。
笛在月明楼。

题解

《望江梅》又名《望江南》或《忆江南》。李煜用这个词牌所填的词现在能够见到的一共四首，其中两首名《望江梅》，首句相同，为联章词；另外两首名《望江南》，也是联章，但首句有异。《全唐诗》将四首并作两首，并且统一调名为《忆江南》。但是从格律上看，这四首所用的韵各不相同，因此本书仍将它们看作四首词。

李后主作两首《望江梅》词的时候，南唐已经亡国，身为俘虏的他被囚居于汴京。第一首词中所写内容是身处异乡的李煜对江南春景的回忆与想像；第二首则表现江南清秋的美景，像一幅清疏淡雅的山水画，这同样出于李煜的回忆和想像。

句解

其一

闲梦远，南国正芳春

两首《望江梅》均以“闲梦远”开头。“梦”是李煜词中用得比较频繁的意象。李煜将“梦”看作一种解脱的方式，因为只有在梦中，他才能暂时逃离这悲凉严酷的现实，暂时回到那美好的过往生活中去。这首词一开始，“闲梦”便将读者带入词人所营造的幻境之中。为何是“闲梦”呢？很多人认为，这里的“闲”是闲得无聊、闲得无奈之“闲”，这个“闲”字，只不过表明这场梦是所谓的白日梦罢了。或许词中的主人公，也就是亡国之君李煜，某日对着窗外正凝望得出神，一时间思想开始游走，以至于脑海中突然浮现出了遥远故国的江南春色。“南国正芳春”，一个“芳”字，将春天百花盛开、姹紫嫣红的盛况点了出来。花容万千，花姿百态，花香更是沁人心脾。这个“芳”字使人们仿佛看见了春天里令人缭乱迷醉的美景。

船上管弦江面渌，满城飞絮辊轻尘

李煜把梦中江南之春的第一幅场景选在了春江上，在梦幻中，他的记忆飞驰到江南的秦淮河畔，那里画舫如鲫，游人如织。春江碧清的水面，承载着小船上的灯火和欢声笑语。回荡在水面的是美妙的笙箫管弦之声。

接下来，词人又将目光转向岸上，抓住春风杨柳、飞絮满城的景色，进一步写出江南春景之媚。“辊”，即“滚”。“满城飞絮辊轻尘”是对真实场景的形象描写，同时也是暗写春风。他并没有直接写春风，但那一“飞”、一“辊”，已经使人觉得春风扑面、无所不在了。“轻尘”翻滚，除了春风吹拂的自然因素外，更多的应该是人为的因素。春色的美好，人人皆向往，游人多了，自然便掀起了滚滚飞尘。如此说来，这里其实还是借物来写人，游船、管弦、飞絮、轻尘，都意在说明春景之盛、游人之多。这样描写，便与下面一句自然地衔接起来。

忙杀看花人

春天是百花盛开的时节，在骀荡的春风里观赏百花，的确是最赏心悦目之事。所以词人不说花朵如何美，却从侧面写看花人如何多、如何忙，由此即可知春花之吸引人，没用一个字直接写花，已将花的美写到十分。李煜越是将江南春景回忆得繁华热闹，越是衬托出他当下的孤寂和难堪，以及失去江山、离乡背井的无限惆怅。

《江山渔乐图》 明代·吴伟

其二

闲梦远，南国正清秋

在这一首里，词人笔下的江南正是秋高气爽的时节，这时候江南风光总的特色是“清”。这里说的“清”，兼有清澈明朗和清凉爽快的意思，概括出秋天的景色和气候两个方面的特点。正是因为“清”，词人才能将这秋景看个清清楚楚，也才能将这秋景生动地描绘出来。

千里江山寒色远，芦花深处泊孤舟

词人从大处着墨，首先描绘远景，给千里江山敷上一层寒色，勾画出江山秋晚图。所谓的“寒色”，乃是清冷之色。“寒色远”的“远”，既说明写的是远景，又是对千里江山皆寒色这种秋景的一种模糊的度量，它与“闲梦远”的“远”在内容上有内在的联系，以掩映在一片寒色之下的千里江山之远来说明闲梦之远。其次是中景，“芦花深处泊孤舟”既是写自然景物，也是写人的活动。“舟”而谓之“孤”，除了从数量上指出这是一叶孤舟外，也暗点舟中人的孤独。使人不由想像其身世的漂泊凄苦、心情之酸楚悲凉，况且这孤舟泊于芦花深处，则其孤独凄苦更可想而知了。“孤”在情调上与前面的“清”“寒”完全一致。

笛在月明楼

秋月当空，银辉如泻，高楼之上忽然传来笛声，那悠扬的笛声忽高忽低，时断时续，如泣如诉。吹笛人的心灵在怎样颤动，听笛人的心情就在怎样激荡。古代诗人多通过笛声来写离别之情，故魏晋时向秀《思旧赋》，有感于邻人吹笛之声嘹亮，叹而赋曰：“听鸣笛之慷慨兮，妙声绝而复寻。”唐人亦有“吹笛秋山风月清，谁家巧作断肠声”（杜甫《吹笛》）等句。词人在这里表达的也是一种思念故园的眷恋难舍之情，它已隐含于笛声之中了。

评解

两首《望江梅》的写法基本相同，都是先对景色作一个总的概括，然后从三个不同的方面加以具体描写。两首词所不同的，在于它们的色调和情调，前者写春景，以欢快为主；后者写秋景，以凄清为主。由此造成的意境也不同。

至于两首词皆以“闲梦远”起首，除了说明词中的景色乃是以梦忆的形式出现之外，这一“闲”一“远”都还寓有深意。“闲梦”的“闲”是清闲、空闲，是无所事事、整天闲得难受的“闲”，这就清楚地说明了梦的性质。这梦乃是从昔日的“不闲”到现在的“闲”的产物，是从帝王至尊降到阶下囚之后的恋旧，是往昔的繁华化为如今的回忆之后的追忆。至于“远”，除说明梦的悠长、梦中地域的广大之外，还说明所梦忆的乃是远逝的过去。可以说，“闲”“远”两字都隐隐透出一股思旧怀故之情。由此也可以判定，这两首词确系李煜作于归宋之后。笔下描写的江南越美，则越可见其故国情思之苦。

第一首写江南春景，艺术匠心主要体现在景物的选择和画面的布置上。如果泛泛地说江南春景美丽动人，既不能给人留下鲜明深刻的印象，也缺乏打动人心的艺术力量。更何况白居易当年已写过名作《忆江南》：“江南好，风景旧曾谙。日出江花红胜火，春来江水绿如蓝。能不忆江南。”艺术是不宜重复的，李后主当然不能再着眼于江花、江水的描写。另外，《望江梅》是篇幅很短的小令，也不容许词人大事铺陈。于是，李煜精心选取了两个场面，着力表现江南春日的狂欢气氛。清人陈廷焯评这首词说：“寥寥数语，括多少景物在内。”（《词则 · 别调集》）此词以江南特有的澄净江水作背景，以画船传出的阵阵嘹亮的乐曲描绘湖上的热闹，以滚滚轻尘来烘托城里车马如潮、游人如织、争相外出赏花的盛况。“船上管弦”，令人联想到北宋柳永《望海潮》词中“羌管弄晴，菱歌泛夜，嬉嬉钓叟莲娃”的情景。李煜所写的两个场景，突出的是同一个主题：江南社会的繁荣与人心的安乐。他借往日的狂欢来抚慰今日心灵的伤痛。

第二首词里，“千里江山”是远景，满湖芦花、孤舟停泊是近景；月下楼中吹笛，则是画面的主体。船泊于芦花深处，体现的是逍遥自在的精神；月夜吹笛，笛声悠扬，则尽显风流潇洒。唐刘禹锡诗云“自古逢秋悲寂寥”，而此词盛赞江南秋色，因为这是后主被俘入宋后的追忆和回想，与归为臣虏的悲惨遭遇相比，过去的一切都显得那么美好。他借梦中的美景来补偿已失去的欢乐，正所谓“梦里不知身是客，一晌贪欢”了。

《仿古山水十二开》 清代·杨晋

望江南

其一

多少恨，昨夜梦魂中。
还似旧时游上苑，车如流水马如龙。
花月正春风。

其二

多少泪，断脸复横颐。
心事莫将和泪说，凤笙休向泪时吹。
肠断更无疑。

题解

这两首《望江南》，也都是李后主亡国归宋之作。《望江南》原名《谢秋娘》，乃唐李德裕为歌妓谢秋娘所作。白居易作同调的词，末句云“能不忆江南”，因而把这个词调改名《忆江南》，后来温庭筠又易其名为《望江南》。李煜词中《望江南》《望江梅》为同一词调，单调二十七字，至宋始有双调《望江南》。

李煜这两首《望江南》，风格和内容接近，因此有人认为这两首词实属联章词，即内容、形式上有密切联系的两首同调词。第一首重在追念昔时故国的繁盛景象，第二首则重在抒发今日亡国为虏的凄清境况。据说李煜因念及旧宫嫔妃的悲苦，因而作此词对其作劝慰之语。后主此时已是亡国臣虏，自顾不暇，却仍有心来安慰他人之悲，其一片痴心可见。后人谓李煜亡国后所作的词，乃以血写成，语语真切，出自肺腑。这两首《望江南》即是这样的作品。

句解

其一

多少恨，昨夜梦魂中

开篇直抒胸臆，“多少恨”下笔突兀，如闻其声，令人不觉一惊。“昨夜梦魂中”，说明词人的满腔悲恨都源自昨夜的一场梦。

还似旧时游上苑，车如流水马如龙

昨夜梦中，词人仿佛还在旧时上苑中游玩，游园盛景历历在目。南唐上苑繁花似锦，香车宝马，凤舆鸾驾，车盖相连，连绵数里，好一派热闹繁华的景象。“还似”引出梦境。“车如流水马如龙”为唐人苏颋《夜宴安乐公主新宅》诗中原句，语出《后汉书·

皇后纪》明德马皇后诏“车如流水，马如游龙”。后主完全袭用，一字不改，却也妥帖自然，不着痕迹。

花月正春风

春风和煦，月明如水；如此花好月圆之夜，大家游兴甚酣，完全忘记了归去。“花月”“春风”中间插入一个“正”字，不仅道出时值游玩的黄金季节，而且暗示此时亦是游人兴致淋漓的时刻。以一句景语收结全篇，无形中又将游乐推向高潮，而全词就在这个高潮时刻戛然而止。怀有某种期待的读者，面对这个陡然收煞的结尾，难免会有某种突然落空的感觉，于是回头细绎开篇，才发现，原来起句中作者用力道出的“恨”，竟然就隐藏于这样一片繁华景色中。

其二

多少泪，断脸复横颐

“断脸复横颐”，写尽眼泪纵横交流的样子。“断脸”，泪水涌流，界断了脸上胭脂；“横颐”，泪水纵横交流，使得面容一片模糊，“颐”指脸颊。“断”“横”二字状痛哭之状如画。李后主长于用写意、传神之笔，但偶用工笔，亦极善刻画。此句与前一首的起句看似形式相同，其实结构大有不同。前一首是恨由梦生，而这两句完全从正面刻画描写，泪水纵横交流于脸颊，“复”字更加突出泪水连绵不绝的样子。词人极度伤心，无处排遣，惟有日日以泪洗面。在他想来，那些旧宫嫔妃们也应该如此悲苦。

心事莫将和泪说，凤笙休向泪时吹

“凤笙”，相传萧史、弄玉夫妇吹箫，箫声引动凤凰，后人便以“凤笙”指代笙箫，比喻笙箫的声音美妙动听。心中的痛楚能够向谁诉说呢？和着眼泪，不说也罢；凤箫声声，如怨如诉，流泪伤情之时还是不要吹的好，因为这样只能令心中的悲痛加重。“莫将”“休向”看似告诫他人的语气，实则是词人在提醒自己。

肠断更无疑

若真是要和泪而说，含泪而吹，那一定会使自己肝肠寸断，这是无疑的。词人不住地这样劝慰自己，同时也劝慰别人，可是他真的能说服自己么？他最终还是没能说服自己，不但说了，而且说得很明白、很痛切，遂惹来杀身之祸。唐圭璋在《唐宋词简释》中评论说：“‘断肠’一句，承上说明心中悲哀，更见人间欢乐，于己无分，而苟延残喘，亦无多日，真伤心垂绝之音也。”

评 解

第一首追念故国昔日繁盛景象，全篇却着眼于一个字“恨”，用“多少恨”引领全篇。从“还似”以下皆言梦境，“梦中盛况，只用‘还似’绾住，灵动异常”（唐圭璋《论词作法》）。作者并未着力于写他的“恨”如何如何，而是极力写出昔日之欢乐热闹，则今日的痛苦凄凉自不待言。末句以一句景语收结，以梦境而结束，似乎预示着，等待词人的将会是梦醒后加倍的痛楚。有此一顿，整首词便由字面的鲜亮，转而跌入字面之外那深沉的忧思之中。清人陈廷焯评论这首词时说："后主词一片忧思，当领会于声调之外，君人而为此词，欲不亡国也得乎？"（《词则·别调集》）读这首词时，应该在"声调之外"，也就是字面的昔日繁华之外，领会词人没有说出的"一片忧思"，这个结论是相当精辟的。但他又说，这首词是所谓"亡国之音"，似乎将它看作李煜降宋之前的作品，这样理解就不够准确了。

同样写悲痛，第二首的笔法却与前一首完全不同。前一首可谓以乐景写哀，其哀倍增，而"此首直揭哀音，凄厉已极。诚有类夫春夜空山，杜鹃啼血也"（唐圭璋《唐宋词简释》）。词人直接由"泪"入手，极尽描摹之能事，"断脸""横颐"，俨然在目。随后他又劝慰和告诫自己：心事不必再说，凤笙不必再吹，那些难言之隐、凄厉之音，还是含泪吞下吧。"断肠"一句，直截了当，词人明白，人间欢乐早已与自己无分，世间虽大，对他来说再也没有任何希望可言，这的确是"伤心垂绝之音"。

《落花图卷》局部　明代·沈周

乌夜啼

林花谢了春红，太匆匆。
无奈朝来寒雨晚来风。

胭脂泪，留人醉，几时重。
自是人生长恨水长东。

题解

这是一首即景抒情的小令，语言清新，情调哀怨，意味深长。词人以出于“赤子之心”的天真之词，描绘春残花谢的自然景象，抒写了一种对美好事物转瞬即逝、无法追回的叹恨之情，极富感染力，令人千载之下读之，仍难以为怀。

句解

林花谢了春红，太匆匆

这句表面上是叹息好景不常，实际上是词人借此兴起伤感怀抱。它的作用在于领起全句，为全词定音。它的感染力在于引发读者追怀春日盛景，全方位地描绘暮春的衰颓气象，激发伤时叹世之情。“林花”从空间着眼，“春红”就时间落笔；“谢了”关合人情，“太匆匆”则归于述志。作者通过这首词所要透露的意思，就上片而言，是“无奈朝来寒雨晚来风”；就下片而言，则是“自是人生长恨水长东”。前一句是因，后一句是果，因果分明，令人徒唤奈何。美好的事物总是更容易遭受厄运，自然界是这样，人世间也是这样，“太匆匆”既是惜花人面对落花的直感，也是失意人借物抒怀的心声：为什么好景不常，即匆匆消逝呢?

无奈朝来寒雨晚来风

林花凋谢委地，却并不是因为花自然开、自然谢的规律，而是因为遭到朝来寒雨晚来风的侵袭。这是对摧残林花的凄风冷雨的控诉，然而这种控诉又是无力的，“无奈”的。为什么？因为风雨交加，早晚相继，也是自然界惯见的事情，对此词人自然是无力回天。在风雨之前加上“无奈”一语，便将“夜来风雨声，花落知多少”这样淡淡的惜花情怀推向了极致，比起“无可奈何花落去，似曾相识燕归来”的哀婉情调，“无奈朝来寒雨晚来风”多了一份怨怼的情绪。这种怨怼情绪，是包含了抗争失败的心情在里面的。

胭脂泪，留人醉，几时重

落花敌不过“朝来寒雨晚来风”的侵袭，凋零在潮湿的泥土上，泛出暗淡殷红的颜色，像一汪汪胭脂泪，这是遭受劫难后留下的悲哀的痕迹。李清照词云：“昨夜雨疏风骤，浓睡不消残酒。试问卷帘人，却道海棠依旧。知否？知否？应是绿肥红瘦。”李煜和李清照都可谓“护花使者”，都有惜花之情，然而在李清照的词中，找不到“胭脂泪，留人醉”这样沉重的心情。白居易《长恨歌》写到杨贵妃“宛转蛾眉马前死”时，也写唐明皇“君王掩面救不得，回看血泪相和流”。李煜通过“胭脂泪，留人醉”这句所要抒发的感情，实际不正是他自己的身世之痛么？对自己遭受的厄运，他何尝不是“回看血泪相和流”呢？“几时重”这一问，看似存有希冀，实际上不过是绝望中的哀鸣，无望中的守望。

自是人生长恨水长东

花开花落，代谢更新，生生不已，这是自然界的规律，可是，这种规律又怎能用来解释人事呢？李煜通过自己亡国为虏的惨痛经历，已经悟到这样一个道理：一旦归为臣虏，势必无力振起，从此后陪伴自己的将是绵绵无尽的遗憾和悔恨，这也就是他所说的“人生长恨水长东”。对于命运，他抱持完全悲观绝望的态度。

评 解

李煜善写凄婉哀怨之词，在这方面，他可以说是中国词人中最出色的一个。清人陈廷焯评价说“后主词凄婉出飞卿之右”（《词则·大雅集》）。从表面上看，这是一首惜花词，实质则是李后主表达对人生命运看法的咏叹词。春花易逝，而人生苦短；春花受冷雨凄风的无情摧残，却无法逃避，而人一旦失去原有的地位、失去自由，也只能任人宰割，无法掌握自己的命运。花落难再开，人的好时光、青春年华也不可能重来。李煜从自己的人生经历中已深切地感受到，其实人的生命跟花一样脆弱，命运跟花一样无奈。“人生长恨”即是他对人生命运的深刻感悟。

这首词在传统的伤春主题上再加发挥，另辟新意。春花匆匆凋零，并不是因为它的自然寿命原本短暂，而是冷雨狂风等外力摧残的结果。李后主由此朦胧地感悟到，人生命运的悲剧在很大程度上也是由外在的力量带来的。当然，他还不可能真正省悟到他个人和国家悲剧的根本原因，也不可能深思他自己该负什么责任，然而比起苟且偷安的时代，他的思考确实已经深入得多。春花美丽，让人心醉，可它们终归会枯萎、消失；人生的辉煌、幸福的命运也同样会一去不复返，到头来只会留给人无穷无尽的“长恨”。在李煜看来，人生长恨就好像水长东流，这是一种不可改变、不可抗拒的趋势。他为此而感到困惑迷茫。他已找不到人生的出路，不知路在何方。

子夜歌

人生愁恨何能免，销魂独我情何限？
故国梦重归，觉来双泪垂。

高楼谁与上？长记秋晴望。
往事已成空，还如一梦中。

题解

《子夜歌》又名《菩萨蛮》，两者异名而同调。李煜写过几首《菩萨蛮》，还有两首《子夜歌》。既然是同调，为何又要题不同的名称呢？原来，这两个异名同调的词牌之间毕竟还是有些差别，主要的差别在于两者所表现出的风格。比起《菩萨蛮》的正式庄严，《子夜歌》更偏于民间曲子词的风格，率真自然、通俗平易。这首词是李后主亡国入宋后所作，主要抒写亡国的哀思。整首词明白如话，不加修饰，本色天然，读来却又使人感到意味深长，令人黯然销魂。

《秋山听瀑图》局部　清代·樊圻

句解

人生愁恨何能免，销魂独我情何限

起首两句，便将古往今来之人以及自己的一生加以概括，提出人生无法免于愁恨伤痛的观点。生而为人，便会有愁有恨，可是词人的情形却并非如此。“销魂”指因过度刺激而神情恍惚，如魂欲离体，这里用来形容极度痛苦的情状；“何限”意同无限，“魂销独我情何限”，是说自己的愁恨多而强烈，世上没有谁像自己这样痛苦；常人只是难免有时会有愁恨，自己却时时刻刻都在痛苦之中，几乎没有欢乐之时。常人的愁恨还可以忍受，自己的痛苦却已到了无法忍受的程度。李后主自从沦为赵宋的囚徒，他人生的苦难便开始了。命运弄人，他面对自己的不幸遭遇，在经历了痛苦而深切的生命体认过程之后，醒悟到一切控诉挣扎，终究都无力回天。人生苦短，总是无法避免为忧愁怅恨所纠缠，但像作者李煜这样，被迫忍受无尽的痛苦折磨的，毕竟还是少数，难怪他要仰天长叹“销魂独我情何限”。

故国梦重归，觉来双泪垂

在梦中，他又回到朝思暮想的江南故国；醒来后所面对的，却是身困异乡的悲惨境遇。此情此景，使词人不禁潸然泪下。李煜入宋后在写给金陵旧宫人的书信中说，“此中日夕只以眼泪洗面”。其心情的沉痛可以想见。信中所说，还只是泛言自己平时的情形；而写这首词的时候，情形又有点特殊，因为他梦到自己回归故国，在梦中，他似乎又成为一国之君，恢复了旧时的尊严。然而令他深感痛苦的是，

《秋山红树图》局部 宋代·萧照

醒来发现自己仍是敌国之囚，由顶端一下跌到最底层，由养尊处优变成卑贱屈辱。这是多么强烈的对比！这今昔之感深深刺痛了他的心，使他心碎肠裂，泪流满面。日有所思，夜有所梦，梦境正是现实的投影。这说明作者无时无刻不在思念着故国，梦里越是欢乐，醒来就越是痛苦，于是又无时无刻不陷于极度的悲痛。

高楼谁与上？长记秋晴望

如今又有谁能与我同上高楼？李后主自问。他回想昔年秋高气爽、晴空万里的佳日，他携周后登临远眺，那时的自己是何等意气风发，与如今身陷囚笼、孤苦无奈的境遇相比，真有天壤之别。乍看之下，下阕似与上阕文意不甚相接，思维有些跳跃，实则下阕开头这两句就是对昨夜重回故国梦境的具体说明。昨夜梦到过去在故国秋日登楼远眺的好日子，醒来后回忆梦境，想起昔日那些美好的生活场景，不禁悲叹，现在再也没有人同他一道登楼了。“谁与”即“与谁”，这一句使用反问来表示否定，“高楼谁与上”就是无人与我同登高楼。词人昨夜所梦到的，并不一定只有登楼一事，但此事显然勾起了他太多的回忆。正因为如此，梦醒后他还会特别提起，念念不忘。当然，这件事恐怕也是他平日就时时记挂的事，所以它才会在梦中出现。回想过去作为一国之君晴秋登楼，必然有仪仗前导，嫔妃簇拥，武士卫护，大臣跟随，那是何等威风、何等气派，昔日的荣华富贵，与今日的困境形成强烈的对比，梦中有多少欢畅适意，醒来便有加倍的孤寂凄凉。

往事已成空，还如一梦中

追忆往事，发现它们已成一场浮梦，梦醒之后，梦中那些轻快的情绪仿佛都变成了无形的压力，一次次加重词人的痛楚。过去的一切已成虚幻，往事如梦，任凭你如何轻声呼唤、深切向往，它们都再也不会重来了。明知道往事不堪回首，却又偏偏无法忘却，甚至还下意识地想在其中寻找几分安慰，这是更大的悲哀。李煜后期的词全以怀念故国为内容，其中写梦回故国的即有四篇之多，足见作者无时无刻不因思念故国而伤心流泪，直至最后在泪水中结束了他的生命。

评解

李后主生命的最后两年中，他变成一个经历了大苦恼、大悲痛的伤心人，所作之词都堪称是用血泪写成的。这首词写梦归故国和梦醒后的悲哀，字字句句都凝着血泪。李后主特别擅长描摹心理状态。他不拘泥于写瞬间的心绪，而是刻画出其中细微的变化。这首词颇能代表这一特色。人们梦醒时，梦境犹存脑际，会自然因之而生悲喜怨怒之情。上片写的就是这种情形。词从梦醒后的悲叹写起，然后再说昨夜的梦，这样便增强了悲叹的语调，加重了作者所想表达的悲痛之情，同时又避免平铺直叙，词的结构有所变化。当然，就此词而言，作者本意不过是实写当时景况而已，起初并未想到“章法”、结构之类问题，犹如人情急时抢地呼天，绝无闲暇去挑选词句，所有词句均是直抒胸臆，不假雕琢。李煜后期的词多属此类。这也是他不同于其他词人的最大特色。

词人先是痛定思痛，然后试图寻求解脱，却未料到梦醒更痛。他登临远眺，不免睹物伤情；沉思往事，却如梦境复来。唐圭璋对这首词的评价是："此首思故国，不假采饰，纯用白描。但句句重大，一往情深。"（《唐宋词简释》）后主入宋后的词作中，常常流露出一种深深的孤独感，从"无言独上西楼"（《乌夜啼》）到"独自莫凭栏"（《浪淘沙令》），还有此词中的"高楼谁与上"。彼时的后主仿佛终日形影相吊，踽踽独行。生活中的孤独无伴更强化了他心灵深处的孤独感。他这样写，并不是故作姿态，而是他的生活便是如此，他词中那些孤寂的情感，早已被生活的苦酒浸透了。

《仿古山水十二开》 清代·杨晋

浪淘沙

往事只堪哀，对景难排。
秋风庭院藓侵阶。
一任珠帘闲不卷，终日谁来。

金锁已沉埋，壮气蒿莱。
晚凉天净月华开。
想得玉楼瑶殿影，空照秦淮。

题解

这首词也是李后主被俘到汴京后所作，描写他受监禁的凄苦生活，以及怀念故国的哀痛心情。从创作风格来看，这首词情调比较悲壮，整篇直抒胸臆，一气呵成。

句解

往事只堪哀，对景难排

往事回想起来，只令人徒增哀叹；即便面对多么美好的景色，也终究难以排遣心中的愁苦。一句“往事只堪哀”，表达出李后主无尽的悔恨。此时的他，心中该是被沉重的亡国哀痛压得无法畅快呼吸了吧？不然，又怎会面对美好的景色，仍感到心中的愁闷无法排遣呢？

秋风庭院藓侵阶。一任珠帘闲不卷，终日谁来

秋风萧瑟，冷落的庭院中，爬满苔藓的台阶，触目可见。门前的珠帘，任凭它慵懒地垂着，从不卷起，反正整天也不会有人来探望。秋风吹来，萧条的庭院越发显得冷清，苔藓已经渐渐爬满了台阶，暗示这里已经很长时间没有人来往走动了。“终日谁来”，其实是主人公的自问自答。因为他明明知道，这里是不会有什么人来的。看似平常的一句描述，其中包含的却是作者心中巨大的失落感和深深的孤寂感。

金锁已沉埋，壮气蒿莱

横江的铁锁链，已经深深地埋于江底；豪壮的气概，也早已付与荒郊野草。作者突然将笔锋一转，直接道出自己心中苦闷的根源：捍卫国家的防线早已经崩溃，曾经的壮志也随之消失殆尽。“金锁”，铁锁链，三国末吴国试图以铁锁链横断长江，以阻挡西晋水军，结果遭到失败，铁锁链被烧断后沉入江底。南唐与吴同以

金陵为首都，这里借用吴亡的典故，哀叹南唐兵败国亡。“壮气”即王气，“蒿莱”指野草。这两句化用唐刘禹锡《西塞山怀古》诗意“千寻铁锁沉江底”“金陵王气黯然收”。

晚凉天净月华开。想得玉楼瑶殿影，空照秦淮

傍晚的天气渐渐转凉，这时的天空是那样的明净，月光毫无遮拦地洒满大地。此时此刻，想起故国河山，想起往昔岁月，词人脑海中浮现的，是月光下倒映在美丽的秦淮河中的玉楼瑶殿的影子。“玉楼瑶殿”指南唐的宫殿。“空”是空寂之声的意思，也可以理解为徒然地、无奈地。既然早已国亡人散，那旧时宫殿纵然仍投影于河中，又有何意义呢？

评 解

这仍然是一首怅然于今昔对比的感伤作品，与李煜同类词作相比，这一首风格较为悲壮，境界也比较沉雄阔大。清陈廷焯评“往事只堪哀”句说：“起五字凄婉，却来得突兀，故妙，凄恻之词而笔力精健，古今词人谁不低首。”（《词则 · 云韶集》）指出此词兼具凄婉与精健的特色，认为就凭这点，李煜就足以超过众多词人。

上阕写被囚禁的凄清悲苦之情，起首两句开门见山地道破全词的主旨，回首往事，只有悲哀，面对此情此景，心中的愁苦无法排遣。正如《虞美人》中说怕见“春花秋月”一般，因为见了，不免要怀想过去的美好生活，而悲不自胜。昔日贵为国君，今日却沦

为臣虏，“往事”与今日的处境两相照映，令人悲恨无尽。曾经的帝王生活一去不复还，因此才有“只堪哀”之感。后主内心的纠葛“剪不断，理还乱”，这种辛酸苦涩，真是“对景难排”！“秋风庭院藓侵阶”，可知久无人迹来往，以致台阶上都长满了苔藓，反衬出主人的孤寂。为避免触景伤情，敏感的主人索性不再将屋檐前的珠帘卷起来，就听凭它垂在那儿。“终日谁来”道出了词人复杂的内心世界，他一边用珠帘来逃避外界，一边却又暗自抱有侥幸的心理：说不定还是会有人前来探望和安慰他吧？这一句心理描写用笔轻灵，传达出非常微妙的心曲。

下阕转而写这位亡国之君的故国之思。他借用三国时孙吴用铁锁链抗拒晋军失败的史事，表达对南唐抗拒宋师的军事行动失败的惋惜之情。经此一败，南唐的王气消失殆尽，他本人仅有的一点壮志也随之磨灭。这说明，李后主已经有意识地深刻反省自己当年偏安一隅的得失。南唐旧时的宫苑早已尘封土掩，蒿莱没径。词人看到眼前碧空无云、月华如洗的大好秋光，不禁想像，在这一轮朗月照射下，那些旧日宫殿还是会在秦淮河上投下倒影吧？这种想法折磨得他痛苦不堪。

虞 美 人

春花秋月何时了，往事知多少？
小楼昨夜又东风，故国不堪回首月明中。

雕阑玉砌应犹在，只是朱颜改。
问君能有几多愁？恰似一江春水向东流。

题解

这是李煜所写的一首感怀故国的词作。词人以形象的比喻、诘问的口吻、悲愤的情怀、激宕的格调，将亡国之君的悲痛抒发到极致。根据宋王铚《默记》的记载，这首词是促使宋太宗下令毒死李煜的原因之一。从这个意义来说，这首千古传诵的名作也可以视为李煜的“绝命”词。

《花卉山水合册》局部　清代·恽寿平

句解

春花秋月何时了，往事知多少

春花秋月何时才能有个了结呢？美好的往事总是时时萦绕于心头，它们总是带给人无尽的悲伤。“春花秋月”本是美好的事物，但对于李煜来说，却变成了一种美丽的负担，以至于他不得不痛苦地诘问，它们何时才能有个了结。从他的遭遇看来，这种看似异常的心理确实是合情合理的。睹物伤情，春花秋月还在，曾经的幸福美好却已成明日黄花。此时此刻，词人只是一个俘虏，面对的是前途凶险的幽禁生涯。真正的“春花秋月”已经不再属于李煜自己，而留给他的惟有绵绵无期的囚禁。春花秋月对他来说，除了引发更多痛苦的联想之外，还有何意义呢？于是他才会有“何时了”的长叹。李煜面对自己被囚禁的现实，便觉得生命中的自由与欢乐，以及人生的价值与目的已经尽被夺去。于是他只见“无常”，而无视“永恒”。就在这目前难堪、将来未卜的时候，他悲呼道：“春花秋月、年复一年，何时才是一个了结啊？”纷至沓来的往事萦绕在脑海中，只给他自己增添了无尽的烦恼。这首词的开头一连两个诘问，问得人惊心动魄，正如俞平伯《读词偶得》中所说，“奇语劈空而下”。

小楼昨夜又东风，故国不堪回首月明中

汴京的小楼自然不能够同金陵的宫殿相比。昨夜东风又一度吹起，春天如期而来，但是失去的美好的日子将一去不复返。仰望明月，勾起人对往事无限的回忆，金陵的宫殿，恐怕此时正是在同样

一片月光之下吧。想起自己如今的处境，这清亮的月光竟让人目不忍视。“又”字道出了囚禁生涯的漫长难挨。

雕阑玉砌应犹在，只是朱颜改

金陵宫殿的雕花栏杆、玉石台阶应该都还完好地在那儿吧，可惜的是，曾经拥有它们的主人如今已是朱颜丧尽，衰老不堪了。这里后主感叹物是人非的景况，“只是”两个字道出了他无尽的悔恨与叹息。与“朱颜”一样发生巨大变化的是昔日的江山。

问君能有几多愁？恰似一江春水向东流

最后这一问一答，真是千古绝唱。李后主将郁积于心头的亡国之恨、去国之思、失国之辱，全部化入“几多愁”之中，而这“几多愁”正像是奔腾不息的一江春水，向着东方滔滔流去。对于李煜来说，无论如何列举，这许多许多的愁都是难以说尽的。于是他将“愁”具象化，化作“一江春水”。这个譬喻十分形象贴切。读者的面前仿佛顿时展现出一幅波涛澎湃的春水图，并能立刻感受到词人所要传达的那种心潮澎湃、浩淼无垠的愁思。这是李煜作为天才词人的直觉创造，也是他的词作引发历代读者广泛共鸣的地方。

评解

这首感怀故国的词作以问起，以答结；由问天、问人而到自问，音调凄楚而不无激越，艺术结构曲折回旋、流走自如，作者沛然莫御的愁思贯穿始终，形成沁人心脾的美感效应。

诚然，李煜的故国之思也许并不那么值得同情，他所眷念的往事，总是离不开“雕阑玉砌”的帝王生活和朝暮私情的宫闱秘事。但这首脍炙人口的名作，在艺术上确有独到之处：“春花秋月”多么美好，作者却殷切企盼它早日“了”却；小楼“东风”带来春天的信息，却反而引起作者“不堪回首”的嗟叹。因为它们都勾起作者物是人非的怅惘，反衬出他囚居异邦的愁苦。昔日珠围翠绕、烹金馔玉，而今长歌当哭、为阶下囚，这些词句委婉深细地勾画出作者的心境，写得真切而又深刻。

结句“一江春水向东流”是以水喻愁的名句，含蓄地表示愁思长流不断，无穷无尽。同它相比，刘禹锡《竹枝词》“水流无限似侬愁”，稍嫌直率；而秦观《江城子》“便作春江都是泪，流不尽，许多愁”，则又有说得过尽之嫌。这个富有感染力和象征性的比喻，将愁思写得既形象又抽象。说它形象容易理解，之所以说它又是抽象的，因为作者并没有明确写出其愁思的具体内涵，而仅仅展示了它的外部形态。这样一来，这个比喻就具有很大的弹性、很丰富的腾挪空间，读者很容易从中取得某种心灵上的呼应，并借用它来抒发自己类似的情感。因为人们的愁思虽然内涵各异，却都可以具有“恰似一江春水向东流”那样的外部形态。李煜这首词得以千古传诵，可以说正是得益于这个妙喻既具体又空灵的特点。

王国维评论李后主的词，说“后主之词，真可谓以血书者也”（《人间词话》）。可以想见，李煜填词时确乎是尽诉平生的肺腑之情，字字句句都是沾濡着血泪写成的。正因为如此，他的作品才引起了广大读者的强烈共鸣。

《梅萼飘香图》局部　近现代·陈少梅

浪淘沙令

帘外雨潺潺，春意阑珊，罗衾不耐五更寒。
梦里不知身是客，一晌贪欢。

独自莫凭栏，无限江山，别时容易见时难。
流水落花春去也，天上人间。

题解

据《西清诗话》说："南唐李后主归朝后，每怀江国，且念嫔妾散落，郁郁不自聊，尝作长短句云'帘外雨潺潺'（下略），含思凄婉，未几下世。"由此可知这是李煜亡国后的作品，创作时间大约在他去世前不久。后主词常常用明白如话的语言，表达深沉曲折的思想感情；这首被认为是他绝笔之作的词，很好地体现了这种风格。全词以当下的囚徒生活和片刻欢娱的梦境作对比，于婉转凄苦、低沉悲怆的基调中，道出了亡国之君思念故国的哀痛心情。

句解

帘外雨潺潺，春意阑珊，罗衾不耐五更寒

天色将明时，一阵寒意将词人从梦中惊醒。耳听着窗外潺潺的雨声，他感觉春意已尽，春天似乎又到了尽头。这寂寞零落的暮春夜雨，让人觉得有无限凄怨、无限惆怅荡漾其间。丝绸被子怎能抵挡得住五更天的春寒侵袭呢？“五更寒”也暗指词人内心的凄凉哀痛。昔日贵为南唐国君的李煜，过着骄奢淫逸的帝王生活，如今却成为阶下囚。这种生活违背他的本意，不管持续多久，他内心总有抗拒之意，根本不可能适应。

梦里不知身是客，一晌贪欢

在梦中，他仿佛又回到了旧日欢乐的生活中，暂时忘记了自己此时的艰难处境。他真不愿意面对眼前的现实。梦中的欢娱是那样短暂，让他无限依恋，又无限失落。由于梦醒，他才更加留恋梦中的一切。梦里的“一晌贪欢”，是对往事的沉迷和追忆；一个“客”字，点出了词人被囚的身份，可怜可叹。这个亡国之君只有在梦里，才能忘记自己现在身为异乡之“客”；也只有在梦境里，他才有机会贪恋曾经的欢娱生活。然而梦中越是欢乐，就越反衬出现实的凄凉冷酷。

独自莫凭栏，无限江山，别时容易见时难

梦醒后的词人，唯有凭栏远眺，思念遥远的故国山河。但贪恋也罢，远望也罢，昔日的美好时光，已一去不复返。那生活过近

四十年的家园，想再见一面，却比登天还难。为什么不要独自一人凭栏远眺呢？因为词人害怕因凭栏而入目的山川景色，会勾起他对故国的无限怀念，怀念无益，徒增伤感。“无限江山”指南唐的家国山川。词人所说的“别”并不仅仅是指与亲友之别，更是指与故国的无限江山之别。“别时容易”指金陵城很快被攻破，后主仓皇辞庙，被押北上；“见时难”，言明江山易主，亡国之君再想回到金陵绝无可能。“别时容易见时难”一句看似平易，却饱含着作者无穷的痛苦和悔恨，内涵复杂，波澜暗生。

流水落花春去也，天上人间

正如春水漂送着落花，美好的日子总会远离自己而去，抚今追昔，唯有伤感无限。这样落差巨大的身世变化，真的让人感觉有如天上人间之别。结尾两句叹息春归何处，是照应开篇的“春意阑珊”，同时表达逝者如斯、时不再来的慨叹。流水、落花、春天都是一去不复返的事物，作者以此比喻自身面临的厄运，语气中充满迷惘无依之感。词人长叹水流花落、春去人逝，这不仅是本词的结束，也暗示着词人一生的结束；无限凄凉之情，欲言还止。

评 解

此词以倒叙的手法，先写梦醒后的环境和感受，然后返回去写梦境。我们可以把上片看作同一时空中叠映的室内室外两组镜头。室外春雨淅沥，本来就短暂的春光即将在风雨的摧残之下消散；昏暗的外景更衬托出“春意将阑”时的悲凉冷清。室内则是主人公为寒意所袭，五更梦醒，耳听帘外春雨，更觉寒意逼人。“不耐”写罗衾的单薄，反映生活处境的可怜；而“寒”字兼指气温之寒与心理的凄凉悲苦。在现实生活中，词人时时都处在高度压抑、禁锢、恐惧、屈辱、悲伤的状态。他只能在梦中一晌贪欢，这怎能使他不绝望、不心灰意冷呢？

下片写天亮后的情景。长夜难熬，白天是否好过一些？长期软禁孤室的词人想登楼远眺，散散心思。“独自莫凭栏”，是先有凭栏远眺的愿望，后又自我否定。“独自”凭栏，已没有当年游上苑时“车如流水马如龙”的喧哗热闹，也没有“花月正春风”的良辰美景，更看不到无限美好的故国江山，极目远眺，只能更添孤独而已。“莫”字用得坚决，更用得伤心。“别时容易见时难”，淡淡的一句，包含了无比丰富的人生感受，意蕴远比李商隐《无题》诗“相见时难别亦难”复杂。李诗指男女恋人之间因受外力的掣肘而难以随时相见，有怨愤，但不失望；而李煜这里指的是江山的丧失，以及故国的分离，其中混杂着悔恨、无奈和绝望。词的最末，以“流水”“落花”“春”三个流逝不复返的意象，进一步表现出李煜对人生的绝望。“天上”与“人间”，是天堂与地狱、欢乐与痛苦对立的两极世界，也是李煜过去与现在生活境况、心态情感的写照。清人陈廷焯评此词说：“一声恸歌，如闻哀猿，呜咽缠绵，满纸血泪。”（《词则 · 云韶集》）颇为中肯。

相见欢

无言独上西楼，月如钩。
寂寞梧桐深院锁清秋。

剪不断，理还乱，是离愁。
别是一般滋味在心头。

题解

这首词的词牌题作《相见欢》，又名《乌夜啼》、《忆真妃》。因为李煜此词中有“上西楼”“秋月”之句，所以又名《上西楼》《西楼子》《秋夜月》。后主被俘入宋后，时时遭受着死亡的威胁，并且伴随着亡国的悔恨。昔日的君王如今却要面对阶下囚的现实，如此强烈的反差，使他承受了巨大的痛苦。这种痛苦远远超过男女之间的离愁别恨，它所包含的是深沉复杂的人生苦难的况味。这首词深刻地反映了李煜这种精神痛苦。

《四景山水图》局部　宋代·刘松年

句解

无言独上西楼，月如钩

如果说“别来春半，触目柔肠断”使人联想起繁华中的落寞感，那么“无言独上西楼，月如钩”则只能让人联想到一派凄凉的景象。一弯新月，本来应该给人以美好轻快的感觉，可是前面所叙却是“无言独上西楼”，于是整首词立即笼罩在一片哀怨的氛围中。在这样一个深秋的夜晚，词人独自一人，默默无言登上西楼。天凉如水，他抬头仰望，天边悬挂的一钩新月，隐隐散发出幽冷的光辉。这引发了词人心中无尽愁思。“举头望明月，低头思故乡”，词人又怎能不起故园情，想到昔日的故国山河呢？而今故国只能化作梦中的情景，他心中不禁凄然。

寂寞梧桐深院锁清秋

院落里梧桐，显得那样寂寞。用一个“锁”字，仿佛是说深院关住了萧飒的秋风，正如词人心中无尽的离愁，也被这深深的庭院锁住而无法排遣。这一句看似单纯写景，其实已将词人的心境不露声色地透露出来。李清照词中也有类似的句子：“断香残酒情怀恶，西风催衬梧桐落。梧桐落，又还秋色，又还寂寞。”（《忆秦娥》）写得十分细致，“西风”“梧桐”“秋色”“寂寞”，层层递进，具体入微；可是要说到浑成凝炼，李清照词终究敌不过李后主这一句“寂寞梧桐深院锁清秋”。

剪不断，理还乱，是离愁

“离愁”在词人这里也被具体化了，它如同一团乱丝，相互纠结，难以理出头绪，“剪不断，理还乱”。这一句的笔法，与词人《清平乐》中“砌下落梅如雪乱，拂了一身还满”有几分相似，只不过《相见欢》侧重于营造意象，《清平乐》则侧重于刻画具体形象。

别是一般滋味在心头

这一句如同口语，明白如话，却又令人觉得余味无尽，可见词人锤炼字句水平之高。词人心中思绪万千，难以排遣，只能将这番痛苦默默咽下。词人似乎只是笼统地将此刻的心情表述为“别是一番滋味”，欲言又止，给人感觉却是举重若轻，涵义无穷。

评解

宋人黄昇《唐宋诸贤妙词选》卷一说“此词最凄婉，所谓‘亡国之音哀以思’”。在李煜的词中，这一首或许并不是最有名，但其情感包容性却很强，读到“剪不断，理还乱，是离愁”的妙喻，以及最后一句“别是一番滋味在心头”，人们几乎都会被它们所感染。

整首词仿佛是词人的心灵独白，凄凉深婉。深院“锁”住的不只是深秋的寒意，更是词人内心深处难以尽诉的深哀巨痛。李后主极善造境，三言两语就勾勒出一种境界，就像高明的画家，几根线条就勾勒出一幅画。“无言”而“独上”西楼，写出异常沉重的孤独感。“月如钩”两句，从视线上看，是俯仰天地，有呼天问地之势；从意境上说，天上如钩的残月，地面深院中的清秋梧桐，构成一个立体的时空。“锁”字用法精警，含意深长，既见出环境封闭的严酷，又写出内心的高度压抑。无边的悲苦长期积郁封闭在心头，故接着说“剪不断，理还乱”，就显得特别真切自然。就像李清照《声声慢》词结句“这次第，怎一个愁字了得”一样，此词于直抒坦陈之中，又让人觉得有无限的曲折，正如清陈廷焯所说：“凄凉况味，欲言难言，滴滴是泪。”（《词则 · 云韶集》卷一）这是压抑太久、郁结太多的愁思的集中迸发，因而具有震撼人心的艺术力量。

整首词章法、句法都十分简单，感情自然真切，近乎白描。李后主善于用平常、朴素而又富于表现力的语言，表现深刻而真挚的思想感情，创造出一个和谐完美的艺术整体。这首词就是典范。“李重光之词，神秀也”，王国维如是说，并非过誉。